小学館文庫

ヴァンパイア探偵

—禁断の運命の血《デスティニー・ブラッド》—

喜多喜久

小学館

Contents

紅森市《こうもり》

○地理

紅森市は関東地方の都市である。面積は約一八〇平方キロメートルで、市全体が盆地の中にある。市の外周部にはリング状に森が広がっており、その多くが落葉樹であることから、秋には市全体が赤い輪で囲まれたようになる。紅森という市の名前は、この血のような紅葉に由来していると言われている。

○気候

年間の平均気温は一三・八℃、平均降水量は一三〇〇ミリほどである。気候は比較的温暖だが、冬季に数十センチの積雪が見られる年もある。

○地域の特徴

人口はおよそ二十万人で、二十年ほど増減のない状態が続いている。犯罪発生率そのものは日本の平均値と比べて特に高いわけではないが、昔から重大犯罪が多いことで知られており、特に殺人事件の件数は平均値を大きく上回っている。

○歴史

紅森市には、吸血鬼に関する伝承が多い。「吸血鬼」「血吸魔」「血を好む者」などと呼ばれ、ヒトの血を栄養源として生きている怪物だと言われている。

その存在は平安時代の文献にも登場しており、魅力的な研究テーマであることから、大学のみならず市井の研究者も多い。

なお、伝承では、「吸血鬼の姿は人間と変わらない」とされているが、その存在を確認したという信頼できる報告は存在しない。

出典　フリー百科事典『ウィキピディオ』

Vampire Detective

第一話

ブラッド・メイカー

——DNAの罠《わな》

1

伊上美奈子《いがみみなこ》は、外を通り過ぎるバイクの音でふと我に返った。

サイドボードの上の時計に目を向けると、午後十時を回っている。いつの間にこんな時間に、と伊上は驚いた。自宅に戻った直後にソファーに座ってから、もう二時間が経過していた。スーツ姿のまま、ただぼんやりと考え事をしていただけだ。

床に置きっぱなしのカバンにちらりと目をやり、伊上はため息をついた。

考えたところで事態が好転するわけではないと分かっていても、つい思考に没頭してしまう。この数日、似たようなことが何度も起きていた。一人暮らしなので、誰《だれ》も声を掛けてくれない自宅だとこんな風に何時間も経《た》っていることも多い。

考えることはいつも同じ——この数日の間に自分の身に降り掛かった問題についてだった。

研究室のトップだった野尻寿史《のじりひさし》教授が亡くなってから、今日で五日になる。葬儀に出席して遺体とも対面したというのに、未《いま》だに現実感はまるでない。

心が現実を受け止められない一因は、野尻の死の特殊性にある。彼は自宅で何者かに絞殺された。殺人——その言葉は、殺人の多さで有名な紅森市に長く住んでいても、やはり異様な響きを持つ。病死や事故死なら、おそらくこれほど受け入れがたくはなかったはずだ。

野尻を殺した犯人はまだ捕まっておらず、警察の捜査は続いている。刑事たちは毎日のように大学の研究室に足を運んでは、学生やスタッフから話を聞いている。一人当たり一時間以上も聞き取りをやっているところからすると、研究室内に犯人がいると考えているのかもしれない。

警察から聞いたところによると、現場にあった現金やキャッシュカードはまったくの手付かずだったらしい。そのことを考えると、確かに金品目的の犯行ではないように思える。

それでも、犯人は通りすがりの人間だ、と否定したい気持ちはある。

野尻はスタッフや学生に高圧的な態度を取るようなことは決してなかった。厳しい言葉を投げ掛けることはあったが、それは教育者としての使命感に突き動かされた結果であり、決して相手を憎んでいたわけではない。

ただ、一方で伊上は身近に犯人がいるかもしれない、という疑いを捨てきれずにいた。研究室の人間関係は緊密だ。毎日毎日、何時間も同じ相手と接し続けることになる。一度相手への憎しみを抱いてしまうと、それを解消することは難しい。徐々に濃度を増し、最終的には殺意にまで結びついたとしてもおかしくはない。

伊上は痛みを覚え、左手の中指に巻かれた包帯に目を向けた。大学からの帰宅途中に何者かに襲われ、折りたたみ式のナイフで切られた怪我《けが》はまだ治っていない。あれから八日が経つが、ちょっと指を動かすだけで痛みを感じる。

自宅に戻ってすぐに警察に通報したが、犯人の行方は分かっていない。暗がりで、しかも相手は帽子にマスクという格好だったので顔は見えなかった。ただ、体格からするとおそらく犯人は男だ。

もしかすると、あの時の通り魔が野尻を殺した犯人なのかもしれない。彼の死から日が経つにつれ、その疑念は徐々に心の中での存在感を増している。

伊上と野尻、両方に恨みを持つ人間。もし顔見知りに犯人がいるならば、誰なのだろう。伊上は研究室のメンバーの顔を頭の中に思い浮かべた。

みんな、人のいい人間ばかりだ。間違っても人を殺しそうには思えない。

……いや、一人だけ例外がいる。彼ならば、ひょっとしたら……。

そこまで考えたところで、伊上は我に返った。また余計なことを考えてしまっている。根拠もなしに誰かを疑うくらいなら、研究室の今後の心配でもした方がいい。

研究室には准教授がおらず、伊上ともう一人の助教がいるだけだ。年齢は自分が上なので、職階的には伊上がトップということになる。とはいえ、助教から一気に教授に昇任するようなことはありえない。公募を行い、外から新たな教授を雇い入れることになるだろう。混乱を防ぐために、似たような研究を行っている人物が選ばれるはずだ。そうすれば、学生は今の研究をそのまま続けることができる。

それにしても……。

伊上は首を振り、ため息をついた。

学生時代から十五年以上にわたって世話になってきた恩師が死んだというのに、ちっとも悲しさが込み上げてこない。むしろ、成果発表を予定していた学会への参加がキャンセルになったことの方が悲しいくらいだった。

それだけ戸惑っているのだと割り切ってしまえばいいのかもしれないが、ひょっとしたら自分はひどく薄情な人間なのではないかと不安になる。

果たしてこの指の傷が完治するまでに、自分は泣くことができるだろうか。不謹慎だと分かっていても、そんなことを考えてしまう。

「……あー、もうやめよ」

伊上は自分に言い聞かせるようにあえて声を出し、ソファーから立ち上がった。シャワーでも浴びれば多少は気分がすっきりするはずだ。

寝室に向かおうとリビングを出たところで、チャイムの音が聞こえてきた。

伊上は廊下の途中で足を止め、数メートル先にある玄関のドアを見つめた。

……こんな時間に、来客？

もちろん、人が訪ねてくる予定はないし、ふいに訪ねてくるような親しい間柄の人間にも心当たりはない。

野尻は自宅で何者かに殺害された。その犯人が通り魔とイコールだとしたら……。

今度こそ確実にとどめを刺すために、犯人はここにやってきたのではないか――。

その想像が脳裏をよぎり、伊上はごくりと唾《つば》を飲み込んだ。

無視以外の選択肢はありえない。ひとまずリビングに戻ろうとしたところで、またチャイムが鳴り、「すみません、紅森署の者ですが」とドア越しに男性の声が聞こえた。

瞬間的に怪しいと思ったが、よく通る、爽《さわ》やかなその声には聞き覚えがあった。

そっと玄関に近づき、チェーンロックが掛かっていることを確認してから伊上はドアを開けた。

そこに、長身の若い男性が立っていた。ほどよく筋肉のついた手足に、がっしりとした広い肩幅。大きな目や少し日に焼けた肌も相まって、練習に明け暮れる高校球児を連想させる風貌《ふうぼう》をしている。日々犯罪と向き合っている刑事だとは思えないほど純朴で快活そう――その印象は昼間に大学で会った時と変わっていなかった。確か、名前は桃田《ももた》だったはずだ。

「どうも、夜分遅くにすみません」と桃田が小さく頭を下げる。

「……いえ」と伊上はスーツの腰のしわをさりげなく手で直した。

「お着替えされていないようですが、ご帰宅されたばかりでしょうか？」

伊上は髪に手をやり、「ちょっとソファーでうとうとしていました」と適当な言い訳を口にした。

「お疲れのようですね。では、手短に済ませましょう。すみませんが、チェーンロックを外していただけますか。外廊下で話をしていると、こちらのマンションにお住まいの皆さんの迷惑になりかねませんので」

「……分かりました」

頷《うなず》き、伊上はチェーンロックを外した。

伊上が後ろに下がるのと同時に、桃田が素早くドアを押さえた。その瞬間、何かがおかしいと伊上は感じた。彼の背後に、数人の男性が現れたからだ。彼らは一様に険しい表情をしている。全員が警察関係者に違いない、と伊上は察した。

「伊上さん。野尻寿史さんの殺害容疑であなたに逮捕状が出ています」桃田が伊上の目の前に一枚の紙を掲げた。「紅森署までご同行願えますか」

「ど、どうしてですか？　私は野尻先生を殺したりしていません！　あの夜はずっと家にいました！」

「証拠があるんです。被害者の衣服からあなたの血液が検出されました」

「血液が……?」

「すみません、規則ですので」

彼が、ダンスにでも誘うようにすっと手を差し出す。その手には、鈍く光る黒い手錠が握られている。

伊上は混乱したまま、ゆっくりと両手を前に出した。

桃田が優しく、丁寧に伊上の手首に手錠を掛ける。それは思ったよりも軽く、そして不気味なくらいに冷たかった。

2

十月二十八日、月曜日。午前九時からの捜査会議を終え、桃田遊馬《ゆうま》は刑事課の事務室に戻ってきた。

事務室はおよそ一二〇平米の広さで、六台の机からなる島が五つ配置されている。それぞれの島が一つの班を形成しており、遊馬は第三班に所属していた。

自分の席につき、ひとつ息を吐き出す。

出勤途中に買ったまま開けていなかった缶コーヒーに手を伸ばしたところで、「不満がある、って顔をしてるな」と背後から声を掛けられた。

振り返ると、遊馬の上司であり、刑事課を束ねる高月《たかつき》課長がすぐ後ろに立っていた。年齢は五十一歳。かっちりとヘアスプレーで固めた白髪交じりのオールバックに、ブランドものと思《おぼ》しきダブルスーツ。やや中年太り気味ではあるが、服装に気を遣っている様子が窺《うかが》える。いかめしい表情は昭和初期の文豪のようだ。きっと和装がよく似合うだろう、と遊馬は常々考えている。

慌てて立ち上がろうとする遊馬を片手で制し、高月は隣の席に座った。

「さっきの会議じゃ黙ってたが、捜査方針が気に入らないのか？」

高月の質問に、「いえ」と遊馬は首を振った。「引き続き伊上美奈子をホンボシとして、証拠固めを行う方針に異論ありません」

「ふむ」と呟《つぶや》き、高月は角ばった顎《あご》を撫《な》でた。「言ってることと表情が一致しないな」

「……どうも、物証に違和感があるんです」

「物証か。話してみてくれ」

高月が腕を組み、椅子《いす》にもたれる。遊馬は膝《ひざ》の上で拳《こぶし》を握り、「実は――」と切り出した。

事件が起きたのは、今から十日前、十月十八日のことだった。被害者は野尻寿史、五十四歳。市内にある紅森大学の理学部に勤める教授だ。数年前に妻と離婚して以来、ずっと一人暮らしだったようだ。

十八日の午後十一時半頃《ごろ》、紅森署に公衆電話から通報があった。「近所を通り掛かったら、男女の言い争う声と物音が聞こえた」という情報を受け、すぐに最寄りの交番から警官が現場へと急行した。そして、リビングで野尻の遺体を発見した。

死因は首を紐《ひも》状のもので絞められたことによる窒息死で、死亡推定時刻は午後十時前後。凶器は現場からは見つかっていないが、首に残った痕《あと》から、スマートフォンの充電ケーブルが使われたと考えられている。

容疑者として伊上を逮捕したのは、被害者の上着の袖《そで》に付着していた血痕《けっこん》から彼女のDNAが検出されたためだ。彼女は事件の三日前に通り魔に遭遇し、そこで指を怪我していた。野尻と争いになった際に、そこから出血したのではないか？　高月はその可能性を疑い、彼女のDNAの採取を指示した。結果的に、その読みが当たったわけだ。もちろん、血液型も一致している。

事実だけを見れば、確かに伊上が犯人である可能性は高いように思える。遊馬もその判断に納得していたし、伊上の身柄を確保する役目も受け入れた。

だが、逮捕後の取り調べで必死に身の潔白を訴える伊上を目の当たりにした時、遊馬は迷いを覚えた。嘘《うそ》をつかない犯罪者はいない。それが常識だと分かっていても、涙を浮かべて「私はやっていません」と繰り返す伊上の姿を見ていると、どこかで思い違いをしているのではと自問自答せずにはいられなかった。

改めて事件を振り返ってみると、いくつか違和感はある。通報者が身元を明かさず、公衆電話から警察に電話をしていることも若干引っ掛かっているが、一番気になるのは、伊上の痕跡が服の血痕の他には何も残っていないことだった。指から出血するほどの揉《も》み合いになったはずなのに、指紋も皮膚片も毛髪も発見されていないのだ。

「犯人は自分がいたことを隠そうと、きちんと掃除をしてから逃げた」というのが、現場を調べた鑑識の見解だ。確かに、指紋を拭《ぬぐ》った形跡や、粘着テープのカーペットクリーナーで毛髪などを取り去った様子はある。

しかし、犯人が入念に証拠を消そうとしていたからこそ、袖に残った血痕への違和感が強まってしまう。

遊馬は自分が感じていることを、包み隠さず高月に説明した。

話を聞き終え、「なるほどな」と高月は大きく頷いた。「疑念を持ったきっかけは単なる直感にすぎないが、問題視しているポイントは正しい。血痕を除けば、伊上が犯人だと断定できる証拠はないからな」

「そうなんですよ。血痕という一点のみに頼って捜査を進めて本当に大丈夫なのか、どうにも気になってしまって」

「もう一回、ガイシャの服に残った血を調べてみるか？」

高月がこちらに鋭い視線を向けてくる。

「その必要はあると思います」と遊馬は居住まいを正した。「血液に関する鑑定ですから、いつも通りアイツに頼みましょう」

そう提案すると、「そうだな。そうするか」と高月が片方の眉《まゆ》を持ち上げた。「餅《もち》は餅屋、血は『ヴァンパイア』だもんな」

「課長、その呼び名は使わないでください。アイツはそう呼ばれることをひどく嫌っています」

「おっと、そうだったな。すまんすまん」

高月は片手を顔の前に立てて小さく頭を下げると、遊馬の方に身を乗り出した。

「すぐにやってくれそうか？」

「分かりません」と遊馬は率直に言った。「研究の方が大事だと公言していますからね、アイツは」

「まあ、幼馴染《おさななじみ》の桃田が無理なら、誰が頼んでも無理だろう。なるべく優先するように頼んでくれ。何しろ、紅森市は重大犯罪多発地域だからな。署外の専門家に頼ることで、少しでも捜査の効率を上げていかなきゃならない」

「了解です。ではさっそく」

高月はそう言って椅子から腰を上げた。

自分の席を離れ、入口近くの共用の鍵《かぎ》掛けから車のキーを一本取る。

「すみません、ちょっと出てきます」

同じ班のメンバーに一声掛けると、未開封のままの缶コーヒーを手に取り、遊馬は事務室をあとにした。

3

刑事課で使っているセダンタイプの捜査車両に乗り込み、遊馬は紅森署の駐車場を出発した。

紅森市は盆地の中に街があるという、特殊な立地をしている。ちょうど、深皿の底にビルや家が載っているようなイメージだ。市域はほぼ円形で、紅森署は市役所や駅舎、オフィスビルなどが建ち並ぶ市の中心部にある。鉄道は東西にJRが走っているのみなので、市民の主な移動手段はバスか車だ。

署から北へと車を走らせること二十分。大きな家の目立つ閑静な住宅地を抜けると、こんもりと茂った森が見えてくる。市の外周部の森と違い、十月下旬のこの時季でも紅葉している木は少ない。常緑樹ばかりなので日光は遮られがちで、森の中を通る一本道は春夏秋冬、午前午後を問わず常に薄暗い。

ひと気のない道をしばらく進んでいくと、ふっと森が途切れ、その向こうに巨大な屋敷が見えてきた。建物の高さは一五メートル、横幅は五〇メートルくらいはあるだろうか。屋根は水色の銅板葺《ぶ》きで、外壁は白い花崗岩《かこうがん》で覆われている。壁のあちこちに花や植物をかたどった装飾が施されており、一瞬、自分が中世のヨーロッパにタイムスリップしたのではと勘違いしてしまうほど豪奢《ごうしゃ》だ。

敷地は三メートル以上はあるレンガの塀で囲われており、正面に鉄製の門が設けられている。遊馬はその門の手前に車を停《と》め、レジ袋を持って外に出た。袋の中には、途中で買った差し入れの弁当が入っている。

いかにも重厚そうな門は常に開かれている。中に入ると、石畳の向こうに噴水が見えた。直径は三メートルほどで、中心に両手を掲げた女神の像が立っている。ただ、水は止められているので噴水の中は完全に乾いていた。

広々とした敷地のあちこちには植え込みや芝生があり、いつ来ても美しく整えられている。整備は専門の業者に任せているらしいが、不思議なことに、作業をしているところは一度も見たことがない。

景色は美しいが、庭は不気味なほどに静まり返っていた。屋敷の屋根には数羽のカラスが止まっており、鳴き声を上げることもなく、ただじっと遊馬を見下ろしていた。

その視線から逃れるように石畳の道を進み、八本の円柱に支えられたポーチへとたどり着いた。その奥には、歴史を感じさせる、重厚な木の扉がある。

遊馬は軽く咳払《せきばら》いをしてから、扉の脇《わき》にあるインターホンの呼び出しボタンを押した。

相手は、スマートフォンで来客の顔をチェックしているはずだ。インターホンのカメラのレンズを見つめながら待っていると、ガチリとロックが外れる音が聞こえた。

「入っていいよ」ということだ。ちなみに、玄関の扉は電子錠になっている。

金属製の取っ手を握り、力を込めて両開きの扉を開く。

入ってすぐのところは、藍《あい》色の絨毯《じゅうたん》の敷かれた大広間になっている。二十人以上が同時にダンスを踊れるくらいの広さだ。あるいは、昔は実際にダンスホールとして使われていたのかもしれない。天井からはシャンデリアがぶら下がり、壁際には人の背丈ほどもある振り子時計が置いてある。来客が休めるようにと置かれたソファーは革張りで、その隣には黒光りするグランドピアノが鎮座していた。

広間の奥の両サイドにある階段は、円弧を描きながら上階へと向かっている。そちらをちらりと一瞥《いちべつ》し、遊馬は大広間の右手にある通路へと足を向けた。

インターホンで何も言わなかったということは、彼はおそらくいつもの部屋に――「実験室」にいるのだろう。

大きな上げ下げ窓から庭が望める廊下を二〇メートルほど進み、突き当たりの角を左に曲がる。

左右に部屋が並ぶ廊下をさらに進んでいくと、左手に地下へと向かう階段が現れた。そこにも藍色の絨毯が敷いてあるが、照明の色合いがオレンジっぽいので雰囲気は柔らかいものになっている。

木製の滑らかな手すりを掴《つか》みながら、階段で地下に降りる。

そこから左手に少し進んだ部屋の前で遊馬は足を止めた。他の部屋と違い、そこだけ古びた開き戸ではなく真新しい引き戸になっている。

木製の取っ手を持ち、ゆっくりと戸をスライドさせる。

室内に足を踏み入れた瞬間、アルコール消毒の匂《にお》いを感じた。中は三〇平米ほどの広さがあり、ほぼ正方形に近い形をしている。黒い天板の実験台が部屋の中央に二台、正面の奥側に横並びで二台、入口から向かって右側に一台、合計五台も設置されている。実験台のサイズは一・五×三メートルとかなり大型なので、それだけで部屋の面積の七割以上を占めている計算になる。

その五台の実験台のうち、一台はベンチフードと呼ばれる換気機能付きの箱状の設備が取り付けられている。ベンチフードには上下にスライドするガラス戸がある。見た目は、デパートの地下の食品売り場にある、ガラスのケースに似ている。ここで血液のサンプルや化学薬品を扱う。

残りの四台には高さ一メートルを超える、大型の箱状の機械が載っている。液体の入った瓶に繋《つな》がるチューブが何本も伸びているものもあれば、試験管をセットする穴の開いた円盤を備えたものもある。遊馬には用途はよく分からないが、どれも実験には欠かせない最新鋭のマシンであるようだ。

ずらりと並ぶ機械たちに邪魔をされ、実験室の奥の方が見通せない。

「おーい、いるかー？」

呼び掛けると、機械のモーターの駆動音に混じって、「こっちだよ」という返事が聞こえた。

通路を進んでいくと、右手奥側の、ベンチフード付きの実験台に向かっている背中が見えた。部屋の主は、今日も真っ黒な実験用の白衣――黒衣に身を包んでいる。

近づいていくと、フードの中で作業をしている手元が見えた。左手に持ったプラスチックの試験管に、ガラスピペットでピンク色の溶液を少しずつ慎重に加えている。

その横顔は背筋がぞくりとするほど真剣だ。

やがて彼は試験管を金属製のラックに置き、ゆっくりと立ち上がって振り返った。

身長は一八二センチなので遊馬とほぼ同じだが、肩幅は狭くて華奢《きゃしゃ》だ。柔らかい髪は少し銀色がかっていて、一日中室内にいるので肌は大理石のように白い。貧血なのではと心配になるくらいだ。

「よう、静也《せいや》。久しぶりだな」

軽く挨拶《あいさつ》をすると、天羽《あもう》静也はじっと遊馬を見つめてきた。すっと通った鼻筋に、長い睫毛《まつげ》と朽葉色の大きな瞳《ひとみ》。改めて向き合うと、本当に整った顔立ちだなと感じる。

静也は二秒ほど遊馬と視線を合わせてから、小さく吐息を落とした。

「そんなに久しぶりじゃない。つい一週間前にも会ったばかりじゃないか」

「そうか？　一週間は割と長いぜ」

遊馬が反論すると、「見解の相違だね」と静也は肩をすくめた。

静也は遊馬の幼馴染で、十五年以上の付き合いがある。

知り合った頃、彼は父親と二人でこの屋敷に住んでいた。ただ、他にも使用人がいたので、正確には二人暮らしではなかった。完全に一人になったのは、数年前に父親が海外に移住し、それを機に使用人たちを雇うのをやめてからだ。以来、彼はずっと一人暮らしを貫いている。

馬鹿でかい屋敷にひとりぼっちは寂しいだろうと思い、遊馬は時間を見つけては彼のもとを訪ね、一緒に食事をするようにしていた。

「ほら、これ。昼飯にちょうどいい時間だったから弁当を買ってきた。俺《おれ》は唐揚げ弁当、お前の分はトマトソースのオムライスだ」

持ってきた袋を持ち上げてみせると、静也は「何度も言ってるじゃないか。実験室は飲食厳禁なんだ」と細い眉をひそめた。

「だから、他の部屋で話をしようってことだよ」

遊馬は室内を見回した。モーターの駆動音を微《かす》かに響かせながら、物言わぬ箱たちが居並んでいる。何か、機械の世界の住人に見られているようで落ち着かない。

「そうならそうと言ってくれないかな」

静也は呆《あき》れたように呟いて黒衣を脱いだ。実験着の下は、灰色のタートルネックに黒のチノパンという格好だった。

静也と共に実験室を出る。案内されたのは、階段を上がってすぐの部屋だ。ここは応接室になっていて、透き通ったガラステーブルを挟む形で、ふかふかのソファーが向かい合わせに二台置かれている。彼と話をする時にはここをよく使う。

「食事の前に話を聞くよ。何か飲むかい？」

「じゃあ、熱いコーヒーを」と遊馬は答えた。そういえば、署から持ってきた缶コーヒーは結局飲まずじまいだ。

頷き、静也は応接室を出て行く。隣にあるキッチンに向かったのだろう。

ソファーに座って待っていると、銀色のトレイを持って静也が戻ってきた。白磁のカップの隣には、真っ赤な液体の入ったグラスが載っている。静也の好物のトマトジュースだ。

「またいつものか？」と遊馬は笑った。

「栄養補給を兼ねてるからね」と返し、テーブルに飲み物を置いてから静也もソファーに腰を下ろした。

淹《い》れてもらったコーヒーをゆっくり口に運ぶ。苦味や酸味に続き、香りが鼻腔《びこう》を満たしていく。濃密なのに爽やかさがある。やっぱり格別だな、と遊馬は思った。遊馬は喫茶店などでは必ずコーヒーを頼む口だが、静也の淹れるものより美味《うま》いと感じたことはない。相当高級な豆を使っているのだろう。

それにしても……。

遊馬はコーヒーを楽しみながら、さりげなく静也を観察した。白い肌、巨大な洋館、黒衣にトマトジュース……。ひょっとしてわざとやっているのではと勘ぐりたくなるほど、吸血鬼っぽい要素が揃《そろ》っている。

極め付きは彼の研究分野だ。紅森大学医学部を卒業した静也は、二年間の海外留学を経て昨秋に帰国し、この屋敷の地下に作った実験室で独自の研究をスタートさせた。研究テーマはヒトの血液。血液の性質を詳しく調べ、それを医療に役立てるための研究をやっているらしい。その専門知識があるからこそ、こうして遊馬は血液分析を依頼しに来たのであり、高月は彼を「ヴァンパイア」と呼んだわけだ。

静也は血液研究のスペシャリストとして、警察の捜査に協力している。いや、「協力」というのは正確な表現ではない。遊馬が頼み込み、半ば強引に特別アドバイザーになってもらった、と言う方が正しい。警察の予算で協力の対価を払ってはいるが、微々たる額だ。ほとんどボランティアと変わらない。

分析依頼の際は捜査に関する重要事項も伝えるが、静也の場合は情報漏洩《ろうえい》を心配する必要はない。彼はたった一人ですべての実験を行っているからだ。

研究というものは大人数でやるものだと思っていたが、必ずしもそうではないようだ。大学の研究室に入らないのかと訊《き》いてみたが、「大学は『なんとか委員会』みたいな雑務が多いからね。一人の方が気楽だよ」と静也は言っていた。研究費用に困らない資産家だからこその発想だろう。

天羽家は紅森市の中でも有数の富豪で、一説によればその家系は五百年以上続いているらしい。商才に恵まれた人物が多く、この地で長きにわたって繁栄を続けてきた。ちなみに静也の趣味は投資で、祖父の遺産をうまく殖やして研究費用を稼いでいる。決して資産を食いつぶしているわけではない。

と、そこで遊馬の視線に気づき、静也が眉根を寄せた。

「……僕の顔に何か付いているのかい?」

「いや、前から不思議だったんだ。どうして実験着が黒いのかなと思ってさ」

「理由は別にないよ。ただの好みさ。黒い色を見ると落ち着くんだ」

そう言って静也はトマトジュースを飲む。小さく喉仏《のどぼとけ》が動く様子が妙になまめかしい。

彼はグラスをテーブルに置くと、長い足を悠然と組んだ。

「そんなことを指摘しに来たわけじゃないだろう？　今回も、犯罪絡みの依頼だよね」

「ああ、そうだ」

大きく頷き、遊馬は野尻の事件について説明を始めた。

ひと通り話を聞き終え、「ふぅん」と静也は指で唇をなぞった。「被害者の服に付着していた血痕について、逮捕された女性はどう言っているんだい？」

「真犯人が自分に罪を着せるためにやったのかもしれない、と主張している」

「なるほど。彼女の血を手に入れて保存しておき、それを服に付けた——犯人がそういうトリックを使ったかどうか、調べてほしいという依頼かな」

「そういうことだ。その血痕が、今回の事件の鍵を握っていると俺は思っている。それが本物か偽物かによって、捜査の方向性は一八〇度変わってしまうんだ。どうだ？　分析で分かりそうか？」

「サンプルの保存状態にもよるね。被害者が亡くなってから、警察が血痕を採取するまでの時間は？」

「二時間ちょっとじゃないか。採取後はきっちり冷蔵保存してあるから、状態は悪くないと思う」

「それは早いね」

「通報があったからな。まあ、それがただの市民なのか、それとも真犯人なのかは分からないけどな」

遊馬の言葉に、一瞬だけ静也の目つきが鋭くなった。

「どうした?」

「いや、もし後者だとしたら、なぜそんなに通報を急いだのかなと思ってね」

「警察に早く遺体を発見させたい理由があったってことか?」

「そうかもしれないけど、議論はまだ早いね。真相を推理するにしても、血痕が偽装かどうかはっきりさせてからだよ」

「それはそうだな」と遊馬は頭を掻《か》いた。「で、引き受けてもらえるんだな?」

「まあ、仕方ないね」静也が苦笑する。「幼馴染の頼みは断りにくいんだ。これも腐れ縁の産物ってところかな」

「『も』ってなんだよ、『も』って。他にもあるのかよ」

「言葉の綾《あや》だよ。細かいことは気にしないでくれないか」

困ったように笑って、静也がトマトジュースに口をつけた。

口では気乗りしないようなことを言っていたが、静也の表情はどことなく喜んでいるように遊馬には見えた。

たぶん静也は根っからの研究者なのだろうと遊馬は考えていた。答えの分からない要素を含むサンプルがあれば、それを分析し、秘められた謎《なぞ》を解き明かしたくなる——そういう性分なのだ。

静也は医学部の出だが、医師にはならずに血液の研究一筋でやってきた。それだけ研究が楽しくて仕方ないのだろう。

静也のそのとても純粋なところを遊馬は好ましく思っていた。子供の頃から物静かで読書家だった彼らしい生き方だと思う。

トマトジュースを飲んでいた静也が「何を笑ってるのかな」と怪訝《けげん》そうに訊いてくる。

「なんでもない。さあ、そろそろ昼飯にしようぜ。せっかくの弁当が冷めちまう」

遊馬はそう言ってコーヒーを飲み干した。

4

翌日、午前九時過ぎ。遊馬は紅森署の駐車場にいた。秋晴れの澄んだ空を見上げながら待っていると、署の玄関から小柄な女性が転がるように飛び出してきた。

「す、すみません、お待たせして！」

息を切らせながら駆け寄ってきたのは、遊馬がコンビを組んで行動している虎姫《とらひめ》光《ひかる》だった。

グレイのパンツスーツを着ているが、「中学生か？」と勘違いするほどの童顔なので、正直あまり似合っているとは言えない。少なくとも、外見は世間のイメージする女性刑事像から最もかけ離れているのではないだろうか。

彼女は大学を卒業してまだ二年目で、年齢は二十四歳と遊馬より四歳若い。しかし、階級は遊馬がただの巡査なのに対し、虎姫はその三つ上の警部だ。彼女は国家公務員総合職試験に合格して警察庁に採用された、いわゆるキャリア組なのである。

虎姫は今年の四月から、出向という形で紅森署へやってきた。その直後から、遊馬は彼女とコンビを組んでいる。

ただ、遊馬が刑事になったのは二年前の春なので、経験という意味ではまだまだ新人レベルにすぎない。本来ならもっとベテランの刑事と共に行動すべきなのだが、特例的に遊馬が虎姫のパートナーを務めている。

その理由は……。

「もしかして、今朝もですか」と尋ねると、虎姫はこくこくと繰り返し頷いた。

「そうなんです。資料を取りたかったんですけど、高月課長が私の席にいたので

「……」

「課長はしょっちゅう人の椅子に座りますからね。そういう時は、『どいてください』って言えばいいんですよ。別に怒りはしませんよ」

「でも、失礼に当たりますから」と虎姫は真顔で言う。

実は彼女は、「中高年の男性に近づくと背中が痒《かゆ》くなる」という特異体質に悩まされている。警察学校での研修中に突然発症したそうで、加齢臭の成分に対してアレルギーを示すらしい。それで仕方なく、刑事課の中で最も若い遊馬と共に行動しているというわけだ。ちなみに、事務室の席も隣同士だ。

「予定より少し遅れてしまいました。すぐに出発しましょう」

「了解です」と遊馬は捜査車両に乗り込んだ。運転は遊馬、虎姫は助手席だ。

今日は紅森大学で聞き込みを行うことになっている。署を出てしばらくしたところで、「昨日、天羽さんに会いに行ったんですよね」と虎姫が話し掛けてきた。ちなみに遊馬も虎姫も、お互いに対して丁寧語を使っている。

「ええ、そうです。ガイシャの服に付いていた血痕の分析を依頼しました」

「引き受けてもらえましたか？」

「まあ、なんとか」ハンドルを握りながら遊馬は軽く肩をすくめた。「幼馴染としてのコネを使って説得しました」

「そうですか。でも、なんていうか、えっと、そのぉ……」

急に虎姫の声が小さくなった。隣をちらりと窺うと、彼女はうつむきながらシートベルトを摑んでいた。

「どうかしましたか？」

「いえ、その、できたら同行したかったな、なんて」

「アイツの家は、薄暗くて陰気なところですよ」

「でも、すごい豪邸に住んでいるんですよね」

「まあ、金持ちなのは確かですね」

「一度、お会いしてみたいなって思ってるんです」と虎姫が弾んだ声で言う。「署内の女性職員が言ってました。繊細で優雅で、それでいて凜々《りり》しい方だって。物語に登場するヴァンパイアのイメージにぴったり合致してますよね」

信号が赤になったタイミングで、改めて助手席に目を向ける。虎姫は目をキラキラさせながら正面を見ていた。

遊馬の依頼した鑑定の結果を報告するために、静也は何度か紅森署を訪れている。その際に彼を見掛けた女性職員が、いろいろと噂《うわさ》を広めているらしい。

その気持ちは分からないではない。静也は非常に人目を引く顔立ちをしている。性別という概念を超えた、純粋な美しさがある。そこに魅力を感じる女性は多いようだ。

現に、中学・高校・大学の十二年間で、百人を超える女性たちが彼に告白をしている。家は資産家で容姿は端麗で、しかも翳《かげ》のある物静かな佇《たたず》まいと来れば、彼のことを知りたい、親しくなりたいと感じる女性が続出するのは当然と言えた。

ただし、それは静也の外面に惹《ひ》かれているだけだ。静也もそのことを見抜いていたのだろう。彼が告白にオーケーを出したという話は一度も聞いたことがない。

しばらくして、信号が青に変わる。丁寧に車を発進させつつ、「夢を壊すみたいで申し訳ないですけど、普通の人間ですよ、アイツは」と遊馬は言った。

確かに静也は色白で、黒い服が好きで、屋敷の地下室で血の研究をしている。しかし、直射日光で皮膚が溶けるようなことはないし、犬歯が異様に鋭いわけでもない。もちろん棺桶《かんおけ》で眠ることもなければ、コウモリに化けたりもしない。世間でよく言われるような吸血鬼の特徴には一つも合致していないのだ。

「それはもちろん分かってます。なんていうか、イメージですよね」

「だとしても、言動には注意した方がいいですね。これからもアイツには分析を依頼するつもりです。警察に対して不信感を抱かせたら、拒絶されかねません」

遊馬がそう釘《くぎ》を刺すと、「……すみません」と虎姫が申し訳なさそうに頭を下げた。

「大事に思ってるんですね、天羽さんのこと」

「まあ、長い付き合いですからね」

遊馬はそう言って、意識を運転に集中させた。

被害者、そして容疑者の両方の職場である紅森大学は、遊馬にとっての母校でもある。刑事になってからも何度か訪れているので、署からの道順は完璧《かんぺき》に頭に入っている。裏道なども使いながらすいすいと車を走らせ、出発してから十分ほどで到着した。

紅森大学の学生数は、学部・大学院を合わせて五千人ほど。五〇〇メートル四方の広々としたキャンパス内には、グラウンドや野球場、大学附属病院などもある。モミジやニシキギ、ハナミズキといった紅葉の美しい木々がたくさん植えられているので、この季節はひときわ華やいだ色合いになる。

私立だがその歴史は古く、今年がちょうど創立九十年目に当たる。天羽家が開学に関《かか》わっていたという話もあるが、静也もその辺のことはよく知らないようだ。

赤いレンガの門柱が特徴的な正門を抜け、守衛所で入構手続きを済ませてから、理学部の来客用駐車場に車を停める。

三年前に建て替えられた理学部本館は地上八階建てで、秋の日差しを受けて乳白色の外壁が光っていた。大きなガラス窓を多く取り入れた現代的なデザインで、カタカナの「ノ」に似た、湾曲した形をしている。

守衛所で受け取ったカードでロックを解除し、虎姫と共に中へと入る。

白い床材が使われた廊下を、白衣を着た学生たちが行き交っている。実験に使うのだろう、クーラーボックスや黄色いプラスチックカゴを提げている学生の姿もある。

彼らと共にエレベーターに乗り込み、五階で降りる。消火器以外何も置かれていない、清潔感はあるが殺風景な廊下を進み、〈再生科学研究室・事務室〉と表示されたドアの前で足を止めた。

こちらの研究室では、iPS細胞――どんな組織にも変化しうる、いわゆる万能細胞に関する研究を行っているという。門外漢の遊馬にはピンとこないが、最先端の分野であることはなんとなく分かる。

引き戸を開けると、中にいた十人ほどの学生が一斉に視線を向けてきた。誰もが、緊張感と警戒心が均等に混じった表情をしている。聞き込みのために訪ねることは事前に伝えてあるが、彼らの不安を軽減するだけの効果はなかったようだ。

彼らの間を縫って、奥にいた男性が駆け寄ってきた。三木里健《みきさとけん》、三十五歳。職階は助教で、野尻と伊上に次ぐ研究室のナンバー3だ。ただ、顔つきはこけしのように穏和で、あまり威厳は感じない。細身の体やなよなよした動きを見ると、つい操り人形を連想してしまう。

彼からはすでに何度か話を聞いている。「すみません、たびたび」と遊馬は小さく頭を下げた。

「いえ、それが皆さんのお仕事だと思いますから……」

辺りを気にしながら小声で言い、三木里はドアを指差した。別室でお願いします、ということだろう。

彼と共に事務室を出て、隣接する小部屋に入る。広さは四帖《じょう》ほど。テーブル一台と椅子が四脚あるだけのシンプルな部屋で、主に学生との面談に使っているそうだ。

三木里を先に座らせてから、虎姫、遊馬の順で席につく。

ちらりと隣に視線を送ると、虎姫が小さく頷くのが見えた。今日は彼女が主体となって話を聞くことになっている。

「先日は、研究室の人間関係についてお伺いしました。いかがでしょうか。あれから何かお気づきになった点はありますでしょうか」

背筋を伸ばし、虎姫が真剣な面持ちで尋ねる。

三木里は視線をテーブルに落とし、「実は昨日、伊上さんの弁護士さんとお会いしまして」と囁《ささや》くように切り出した。「その方の話によると、どうも彼女は研究室の学生に対して疑念を持っているようなんです」

「疑念というのは、野尻さんを殺した真犯人かもしれない、ということでしょうか」

「そうみたいです。彼女や弁護士さんが言い出すより、僕たちから警察に伝えた方がいいんじゃないかということで、こうして話しています」

「その学生さんの名前を伺ってもよろしいでしょうか」と、虎姫が前のめりになりながら訊く。

「はい。修士課程一年の、柏原《かしはら》という男子学生です。伊上さんが彼の指導をしていました」

「伊上さんは、なぜ彼が怪しいと？」

「柏原は、なんというか、科学的なセンスはあるんですが、精神的に不安定なところがありまして……今年の春から二ヵ月ほど、不登校状態になっていたんですよ」

言葉を選びながら、とつとつと三木里が言う。

「夏頃からはまた大学に顔を出すようになりましたが、午後十一時に来て、朝になると帰るという感じでして……。夜中に一人で実験をしているようです。他の学生と足並みを揃えるように言っているんですが、まったく改善される気配はありません」

「人間嫌いという印象を受けますね。そうなってしまった原因はあるんでしょうか」

「うーん、本人から聞いたわけじゃないんですが、野尻先生や伊上さんから厳しく指導されたことがトラウマになったのかもしれません」

「厳しいというのは、暴力という意味ですか？」

遊馬の問いに、「いえいえ、とんでもない」と三木里が首を振った。「昔ならいざ知らず、今はそんなことをしたら大問題になりますから」

「こちらの研究室は、普段から指導が厳しいんでしょうか？」

再び、虎姫が質問を投げ掛ける。

三木里は後退気味の生え際を人差し指で掻き、「そうでもないと思います」と答えた。「ある意味、柏原だけが特にマークされていた感じですね」

「それはどうしてですか？」

「以前に柏原は実験データの改竄《かいざん》をやったんです。捏造《ねつぞう》ではないんですが、失敗した実験をやり直すのが面倒で、成功したことにしたようです。理由がなんであれ、データに手を加えて実験の結論を捻《ね》じ曲《ま》げるような行為は、科学界では禁忌中の禁忌ですからね。『前科』のある柏原に厳しい目が向けられるのは当然かと」

「つまり、柏原さんは野尻さんや伊上さんを逆恨みしている可能性がある、ということですね」と、虎姫が三木里の話を端的にまとめた。普段はふわふわしているし、外見はいささか幼いが、虎姫の頭の回転はかなり早い。さすがはキャリア組だ。

話の真偽はともかくとして、新情報が出た以上、柏原に直接会って話を聞く必要があるだろう。

柏原はやはりまだ大学に来ていないという。夜まで待つつもりはなかった。彼の住所を教えてもらい、遊馬たちは紅森大学をあとにした。

再び車を走らせること五分。遊馬と虎姫は、大学の西側の住宅街にある一軒のアパートへとやってきた。各階三部屋ずつの二階建てで、上階へは端の階段で上がるタイプのアパートだ。ドアや壁の劣化具合からすると、軽く築三十年は経っているだろう。柏原は一階の角部屋、一〇三号室に住んでいるという。

「俺が行きます」

虎姫に声を掛けてから、遊馬はチャイムのボタンを押した。しかし、何度か鳴らしても応答がない。居留守を使っているのだろうか。遊馬はドアを強めにノックし、「すみません、紅森署の者ですが」と中に向かって呼び掛けた。

しばらく待っていると、ゆっくりとドアが開いた。

ドアに隠れるように、深緑色のトレーナーを着た男がこちらを覗《のぞ》いている。髪もひげも伸び放題で、しばらくシャワーを浴びていないのか、汗臭い匂いが漂ってくる。

「柏原佳樹《よしき》さんですか?」

「そうだけど……」

柏原は眠たそうな垂れ目で遊馬と虎姫を見比べ、「……本物の刑事?」と呟いた。

「ええ、紅森署の桃田と申します」と名乗り、警察手帳を提示する。

続けて虎姫も……と思いきや、何も聞こえてこない。振り返ると、彼女は顔をしかめて両手をぷるぷると震わせていた。

「どうしたんですか?」

「あの、例のアレが」と泣きそうな声で言い、虎姫がじりっと後ずさる。どうやら背中が痒くてたまらないらしい。柏原の部屋から漏れている男臭い匂いがアレルギーを引き起こしているようだ。加齢臭に似た成分が含まれているのかもしれない。

遊馬は頷き、柏原に見えないところで親指を立てた。事前に決めてあった「車で待っていてください」というハンドサインだ。

それに呼応し、虎姫が胸元からスマートフォンを取り出した。

「すみません、署からの連絡です」

早口にそう言うと、虎姫はそそくさとその場を離れていく。

二人だけになったところで、遊馬は改めて柏原と向き合った。

「お話を伺えますか」

「えー？　それって強制？」と柏原が口を尖《とが》らせる。

「別に義務ではありませんが、ご協力いただけると助かります」

「あっそ。じゃ、さっさと終わらせてよ」

威張った口調で言い、柏原が沓脱《くつぬぎ》スペースに座り込む。遊馬はとっさに足を出し、閉まりかけたドアを止めた。チェーンロックは掛かったままだ。ちゃんと向き合って話をするつもりはさらさらないらしい。

明らかに礼儀を欠いた態度だが、この程度で腹を立てていたら刑事は務まらない。

遊馬は気持ちを切り替え、足を引き抜いて手でドアを押さえ直した。

「しばらく大学の方をお休みされていたようですね」

「ああ、なんか調子が悪かったから」

「野尻さんや伊上さんからの指導が原因で、体調を崩されたんですか」

「んー、よく分かんないな」

「お二人に対して、何か思うところがあったんじゃないですか？」

「は？　俺を疑ってんの？」と柏原が目を剝《む》く。一瞬で首筋が赤くなっていた。

「そういう風に聞こえたのであれば謝ります」

「全然心がこもってねーじゃねーか」

「すみません」

遊馬が頭を下げると、柏原はわざとらしい、大きなため息をついた。

「……別に、先生のことは何とも思ってないよ。前はめちゃくちゃ口うるさかったけど、俺が大学に戻ってからは、全然声を掛けられなくなったし。二人とも、俺の研究なんてどうだっていいって思ってたんでしょ」

物は言いようだな、と遊馬は思った。声を掛けたくても本人がいないのではどうしようもない。他人との接触を避けていたのは柏原の方だ。

そういったもやもやを飲み込み、「今はどういった研究を？」と遊馬は尋ねた。

「そんなの、話したって分からないし。無駄無駄」

柏原が遊馬を馬鹿にしたような口調で言う。遊馬は冷静に、「参考までに伺えればと思いまして」と返した。

「再生科学研究室なんだから、人の体の中にある組織を作る研究に決まってるだろ。はい、説明終わり」

腰を浮かせ、柏原がドアを閉めようとする。遊馬はドアを掴む手に力を入れた。

「野尻さんが亡くなった時間、あなたはどちらにいらっしゃいましたか」

遊馬の質問に、「はぁ?」と柏原が顔をしかめた。「あんた、やっぱり俺を疑ってるだろ!」

「そういうわけではありません。皆さんにお伺いしています」

「大学で実験してた……って言いたいところだけど、ちょっと頭が痛かったんで自分の部屋で寝てたよ。もういいよな? 鬱陶《うっとう》しいんで、さっさと帰れよ!」

柏原はそう言って立ち上がると、強引にドアを閉めた。

目の前で閉まった扉をしばらく見つめ、遊馬はひとつ息を吐き出した。

自分勝手で感情的になりやすいタイプ、というのが柏原に対する印象だった。そういう人間は、自分の思い通りにならないと腹を立て、突飛な行動に出ることがある。

先入観は禁物だ。だが、遊馬の中にはある仮説が形作られつつあった。

野尻が殺される三日前に、伊上は自宅近くで通り魔に襲われ、指を怪我している。ひょっとしたらその犯人は柏原で、襲撃の際に彼女の血を手に入れたのではないだろうか。それを保存しておけば、野尻の服に伊上の血液を付着させ、彼女に罪を着せることが可能になる。

この仮説が正しいかどうかは、静也の分析によってはっきりするだろう。

遊馬はくるりと踵《きびす》を返し、柏原のアパートをあとにした。

5

十月三十日、水曜日。静也からの連絡を受け、遊馬は午後三時過ぎに彼の住む屋敷へとやってきた。

地下の実験室に向かおうと歩いていると、一階の廊下に佇む静也の姿があった。彼は遊馬の方に顔を向け、「早かったね」と微かに口角を上げた。

「そりゃそうだろ。結果次第で捜査の方針がガラッと変わるかもしれないんだからさ。で、どうだったんだ?」

「慌てすぎだよ。座って話をしよう」

静也と共に、いつも使っている応接室に入る。すでにガラステーブルには紙の資料が置いてあった。血液の分析結果をまとめたものだろう。

さっそくソファーに座り、資料を手に取る。いくつか数値が並んでいるだけで、文章は書かれていなかった。

「見てもよく分からないな」

「それは生のデータだからね。報告書はこれから作成する」

静也はそう言って、普段通りの落ち着いた仕草でソファーに腰を下ろした。

「じゃあ、分かるように話してくれ」

「とりあえず結論を先に言うよ。現場で採取された伊上さんの血液は新しかった。体内で作られてから被害者の衣服に付着するまでの時間は、長めに見積もっても三十六時間以内だと思う」

「……その理由は？」

「血液というのは、主に三つの成分からできている。赤血球、白血球、そして血小板だ。今回は血液の鮮度が問題だったから、寿命の短い血小板に着目して分析を行ったよ。血小板は八日から十二日程度で壊れてしまう。といっても、血中にある血小板は古いものと新しいもののミックスだから、全部が一度に壊れるんじゃなく、時間経過によって総量が減っていくことになる。人間の世界と同じだよ。老人が亡くなり、子供が生まれなければ人口は減る。ここまでは大丈夫かな？」

静也が視線を向けてくる。遊馬は軽く頷いてみせた。

「ああ、理解できてる」

「じゃあ、あとは簡単だ。血小板の分解の進み具合を見れば鮮度が分かる。そこから導き出した結論が、さっき言った『三十六時間以内』だよ。もちろん誤差はあるけど、少なくとも事件の数日前に体内で作られた血ではないね」

腕を組み、静也の出した結論を頭の中で反芻《はんすう》する。野尻の服に残された伊上の血痕は偽装工作によるものである――分析データは、その仮説を明確に否定している。それはもう完全に揺るがないのだろうか。事前に入手した血液を新しいものに見せかけるトリックが使われた可能性はどうだろうか。

遊馬はしばらく黙って考えを巡らせてから、「質問してもいいか」と顔を上げた。

「もちろん、なんなりと」

「血小板の寿命を延ばすことはできないか？　例えば冷凍するとか」

「赤血球は分離して冷凍保存できるんだけど、血小板は難しいんだ。冷凍の過程で機能が失われてしまう。フリーズドライの技術も研究されているけど、その場合は血小板の寿命が極端に短くなる。そういった傾向は今回の分析では見当たらなかったよ。ごく普通の血液だった」

「分離？」静也のその説明で、別の可能性を思いついた。「血液はそれぞれの成分に分離できるんだよな。だとしたら、いったん赤血球と白血球と血小板に分けておいて、あとから新鮮な血小板を加えたらいいんじゃないか？」

「それは確かに不可能ではないね。血小板は核を持たない細胞だから、DNA検査には影響しない。他人のものを混ぜてしまえば、鮮度はごまかせるかもしれない」

「じゃあ……」

「結論を出すのは早いよ」と静也がわずかに前傾姿勢になる。「確認したいんだけど、君の仮説だと、容疑者の女性は暴漢に襲われた時に血を採られたってことになるよね」

「そうだな。ナイフで指を切られてる」

「その時の出血量はどのくらいかな」

「それなりに多かったみたいだな。ハンカチが真っ赤に染まる程度には出てたらしい」

「でも、それは怪我の処置の結果だよね。通り魔は彼女を切りつけたあと、指を摑んで血を絞り取ったかい？」

「……いや、それはなかった」と遊馬は首を振った。伊上を襲った人間は、指に怪我を負わせた直後に逃げ去っている。彼女自身が警察にそう証言しているのだ。血を採取する時間はなかったはずだ。

「だとすれば、せいぜいナイフに付着した分だけかな。でも、皮膚を切ってから出血まではタイムラグがある。おそらく、刃に付いた量は一ミリリットル以下だと思う。それだと成分を分離するのはかなり難しいね。量が少なすぎる」

「……そうか」と遊馬は吐息を落とした。野尻の服に付着していた血液の量は、三ミリリットル程度という結果がすでに出ている。「きっちり分析してもらえてよかったよ。どうやら俺の予想は外れていたみたいだ」

「予想っていうのは?」

「動機の面で、怪しい人物が浮かび上がってきてる。その学生が犯人じゃないかって考えてたんだ」

遊馬は静也に自分の仮説を説明した。最初のうちは無表情だったが、彼らの研究内容を伝えた瞬間、静也の目つきが突然鋭さを増した。

「……再生科学関連の研究室なんだね」

「ああ、そうだ。それがどうかしたか?」

「君が疑っていたその学生は、夏頃から夜中に一人で実験をしていたんだろう? そのエピソードが少し気になってね」

「気になるって、どんな風にだ?」

「それは……」口を開きかけたところで、静也は軽く首を振った。「いや、憶測でものを言うのはやめておこう」

「中途半端なところで止めないでくれよ。気になるじゃないか」

「気を持たせるようなことを口走ったのは僕のミスだ。今の段階では気軽に話せる内容じゃない。捜査に悪影響を及ぼしかねないからね」

静也はそう言って足を組んだ。彼は意志の固い人間だ。「話したくない」と口にした以上、多少粘ったところで自分の意見をひっくり返すことはないだろう。

「まあ、とりあえず分かった。お前の考え方を尊重するよ」

「ありがとう」

静也が礼を口にしたところで、遊馬のスーツのポケットでスマートフォンが震えだした。警察署から貸与されているものだ。画面には虎姫の名前が出ている。

「すまん、電話だ。ひとまず署に戻るよ。慌ただしくて悪いな」

「気にしないでいいよ」

座ったままの静也を残して部屋を出る。遊馬は廊下を早足で歩きながら通話ボタンをタップし、スマートフォンを耳に当てた。

「お疲れ様です。虎姫です。今、天羽さんのところですよね」

彼女の声は明らかに興奮して聞こえた。自分を置いて天羽のもとを訪ねたことに憤っているのかもしれない。

「そうです。すみません。俺一人の方が、天羽も気が楽かなと思いまして」

「あ、いえ、別に文句を言ってるわけじゃないんです。実は、事件に関する新たな情報が得られたんですよ。それについて緊急会議を開くらしいです」

「分かりました。二十分くらいで戻ります」

遊馬は歩く速度を上げながら、「それで、何が分かったんですか」と尋ねた。

「野尻さんはスマートフォンの充電ケーブルで殺されていましたよね。その凶器を探すために伊上さんの自宅を調べていたところ、盗聴器が見つかりまして」

「盗聴器？」

「そうなんです。テーブルタップって分かります？　コンセントの数を増やせる器具なんですけど、その中に盗聴器が仕掛けられていました。伊上さんに心当たりがないか尋ねたら、マンションの隣の部屋に住む男性にもらったという話でした。それで隣人を問い詰めたら、あっさり容疑を認めたんですが……事情を聞くうちに、思いがけない事実が出てきたんです」

虎姫はそこで深呼吸を挟んでから、遊馬に言い聞かせるように「いいですか」と言った。「伊上さんが殺人容疑で逮捕されたことを伝えると、その男性はこう言ったんです。『事件のあった時間、彼女は間違いなく自宅にいた』と」

「それはつまり……」

遊馬がそれを口にする前に、虎姫は「そうです」と言った。

「裏を取る必要はありますが、もし男性の証言が事実なら、伊上さんにははっきりしたアリバイがあったことになります。要するに、彼女は犯人ではありません」


同日、午後九時過ぎ。遊馬は紅森署内の会議室にいた。

『——これらのデータから、金属イオンを含む溶液を適切に組み合わせることで、iPS細胞の分化の方向性を調節できることが分かってきました。そこで、その法則性を確かめるために……』

机の上のノートパソコンに繋がれたスピーカーから、伊上美奈子の声が流れている。同席している他の刑事たちも、彼女の声に神妙に耳を傾けていた。

この音声は、盗聴器を仕掛けた犯人が録音していたものだ。デジタルデータの日時は、十月十八日の午後十時から十一時半までになっている。ちょうど、野尻の推定死亡時刻と重なる時間帯だ。

伊上は誰かと喋《しゃべ》っているわけではない。彼女はこの時間、自身が参加予定だった学会での発表に備えて自宅で練習をしていた。発表原稿を読みながら少しずつ表現を修正していく作業をしていたようだ。なお、すでに鑑識係のIT担当者により、この音声の録音時刻が改竄されていないことが判明している。

音声が始まってから一時間ほどが経ったところで、伊上が練習をやめてテレビをつける。聞こえてきたのはニュース番組の音声だ。その内容は、当日に放送されたものと完全に一致している。しかも生放送なので、作為が入り込む可能性はない。

「……やっぱり、アリバイを認めるしかないな」

最後まで音声を聞き終え、高月がぼそりと言った。

「盗聴野郎が協力者って可能性はありませんか」

他の捜査員の質問を、高月は「ないな」の一言であっさり否定した。

「盗聴器の存在に気づいたのはあくまで偶然だ。向こうから伝えてきたわけじゃない。俺たちが発見しなければ偽装は成り立たないんだから、協力者説には無理がある」

遊馬もその意見には納得していた。そもそも、盗聴犯が協力者ならば、もっと早い段階でアリバイを主張したはずだ。ここまで引き延ばすメリットはない。

伊上美奈子はシロである——。

新たに出てきた証拠からは、そう結論付けるしかない。心証的にも、彼女が無実であるということには納得感はある。捜査が正しい方向に舵《かじ》を切ったという感覚もある。ただ、その先に待ち受けているものは、解決ではなく暗礁《あんしょう》だ。

「参ったな」高月がしかめっ面で頭を掻く。「ガイシャの服に付いていた血痕をどう考えればいいんだろうな」

高月の漏らした言葉に、捜査員たちが黙り込んだ。

伊上犯人説の唯一にして最有力だった証拠は、今は逆に、事件の解決を妨げる大きな壁として立ちふさがっている。

「殺された野尻が通り魔だったって可能性はどうですか」ベテランの捜査員が立ち上がり、全体を見渡しながら言う。「伊上を襲った際に着ていた服だったから、彼女の血が付いていたとか」

「それはありえないかと。専門家の分析から、血液は新鮮なものだと判明しています。しかし、伊上が通り魔に襲われたのは、野尻が殺される三日前です」

遊馬は立ち上がってそう言った。静也が作成した分析報告書については、この捜査会議の冒頭で全員と共有している。

「ああ、そうだったな。ヴァンパイア先生のお墨付きだもんな……」と、ベテラン捜査員が悔しそうに呟いた。

「すみません。その呼び方は慎んでください」

場の雰囲気が悪くなるのは分かっていたが、遊馬はそう注意せずにはいられなかった。案の定、捜査員たちは醒《さ》めた視線で遊馬を見ていた。遊馬はそれを受け止め、正面を見据えたまま椅子に座った。

「まあ、そっちのデータは確かだろう」と高月が取りなすように言った。「しかし、分析が確かだからこそ矛盾が生じてしまっているわけだ。その問題を早急に解決しなきゃいかん」

高月の言葉に、会議室に集まった全員が口を閉ざした。

気詰まりな沈黙が室内を満たす。と、その時、スーツのポケットでスマートフォンが小さく震えた。着信だ。

何かの予感に導かれるように画面を確認すると、静也の名前が出ていた。彼から連絡が来るのは珍しい。まず間違いなく事件絡みの話だろう。

遊馬は高月に断って会議室を退出し、「もしもし、俺だ」と電話に出た。

「悪いね、こんな時間に。メールで連絡くれた件、どうなった？」

「盗聴のことか。どうやら本物らしいって結論になったよ」と遊馬は言った。伊上のアリバイが立証される可能性が高いことは、すでに静也に伝えてある。

「じゃあ、彼女は犯人ではないと」

「そう判断するしかないな」

「そうなると、被害者の服の血痕が問題になるね」

「今まさに、そのことで会議が停滞してるよ」と遊馬は壁に背中を押し当てながら言った。「どうなってるんだろうな、いったい」

「うん。それについて話をしたくて、こうして電話をしてるんだけど。服に付いていた血痕と比較してみたいから、伊上さんの血液を採取してもらえないかな」

遊馬は細かい事情を訊かずに、「了解。すぐに手配する」と答えた。昼間に会った時に静也が言っていた、「気になること」。その真偽を確かめるため、より詳細な検討を行いたいのだろう。

「今はまだ、考えていることを言えないんだな？」

「ああ、悪いけどもう少し待ってほしい。血液の中に隠された秘密を、必ず見つけ出してみせる」

「分かった。じゃ、よろしくな」

遊馬は電話を切り、スマートフォンの画面を見つめた。静也は、ただ闇雲《やみくも》に分析を行うことはない。自分から連絡を寄越すのは、データさえ出れば仮説が証明できると確信している時だけだ。

「頼りにしてるぜ、静也」

遊馬はスマートフォンをポケットに戻し、会議室へと歩き出した。

6

静也から再び連絡があったのは、それから二日後の午後八時過ぎのことだった。その時遊馬は、紅森署のすぐ近所のラーメン屋で夕食を食べていた。

「分析が終わったよ。話をしたいんだけど、今から来られるかい?」

「ああ、すぐに行く」

遊馬は醤油《しようゆ》ラーメンの麺《めん》を急いでたぐると、「ごちそうさま!」と店主に声を掛けて店を飛び出した。

急いで署に戻り、捜査車両に乗り込む。

事態が大詰めを迎えようとしているという予感があった。遊馬は回転灯を屋根に取り付けて緊急走行モードに切り替えると、全速力で市内を走り抜けて静也の屋敷へとやってきた。

敷地内には、ヨーロッパの町並みに似合いそうな蔦《つた》模様の意匠が施された外灯が並んでいて、幻想的な雰囲気を醸し出している。肝試しの絶好の舞台になること間違いなしだ。実際、夏にはここに入り込んでくる若者もいるらしい。ただ、今は屋敷は果てしない静寂に包み込まれていた。

息を切らせながら玄関にたどり着く。遊馬がインターホンに手を伸ばすより早く扉が開き、静也が外に出てきた。

「ホールで待ってたのか」

「サイレンの音が聞こえたからね。でも、そこまで急ぐ必要はなかったんじゃないかな。別にデータの数値は変わらないよ」と静也が冷静に指摘する。

「犯人逮捕までの時間は早まるかもしれないだろ」

遊馬が中に入ろうとすると、「あっちで話そう。少し外の空気を吸いたいんだ」と静也は中庭を指差した。涸《か》れた噴水の近くに、木製のベンチが置かれている。

屋敷から離れ、静也と共にベンチに座る。敷地を囲うレンガ塀の向こうには森の木々のシルエットが見える。その上方に広がる夜空には、思いがけないほど多くの星が輝いていた。

「夜、時々ここに座って空を眺めることがあるんだ」

静也はそう言って足を組んだ。さっきまで実験をしていたのか、彼は黒衣に身を包んでいた。そうして薄闇の中で佇む静也の横顔は、伝説のヴァンパイアのように妖《あや》しく、高貴な気配をまとっていた。

――何を馬鹿なことを考えてるんだ、俺は。

遊馬は視線を正面に戻し、「分析の結果を話してくれよ」と言った。

「うん。再分析の際に着目したのは、血液に含まれている抗体だよ。抗体のことは知ってるよね」

「ああ、なんとなくな」と遊馬は頷いた。「ウイルスや病原菌が体内に入った時に戦ってくれるヤツらだろう」

「まあ、そんなところかな。成分はタンパク質だから、生き物ではないけどね。抗体は、病気になった時に体内で作られ、その後も血中に残ってパトロールを続けている。逆に言えば、血液に含まれる抗体のパターンを調べることで、過去に罹《かか》ったインフルエンザなんかの種類が絞り込めるってことだね。病気の履歴は人によって異なる。個人を特定するのはさすがに難しいけど、識別には充分に使える。ということで、インフルエンザウイルスに対する抗体に絞って、服の血痕と伊上さんの血液を比較してみたよ」

「で、その結果は？」

「うん。両者の抗体パターンが明らかに異なっていることが分かった。罹患《りかん》したインフルエンザの種類にほとんど共通性がなかった。誤差だとは考えにくいレベルだ」

「……つまり、服に付いていたのは別人の血ってことか」

「そうなるね」と静也が頷く。

「ちょっと待ってくれ。頭の中を整理する」

遊馬は腕を組んで目を閉じた。自分なりに、今までに得られた情報を吟味《ぎんみ》する。静也が新たに突き止めた事実があれば、不可解な状況は解決されるだろうか？

答えはすぐに出た。ノーだ。解決するどころか、事態はますます奇妙な方向に舵を切ったように感じる。

「……うーん。考えてみたけど、よく分からないな」

「どの辺が引っ掛かってるのかな」

「そりゃもちろん、被害者の服の血痕だよ。抗体のパターンは伊上と異なっていた。だけど、そこには彼女のＤＮＡが含まれてる。両者が明らかに矛盾してることは、科学の素人の俺でも分かるよ」

「そう、ポイントはそこだよね。抗体とＤＮＡ、どちらを信じるか。僕は抗体の方が真実を表していると思う。警察がＤＮＡ鑑定を行うことは予想できても、抗体の方までは考えないだろうからね」

「考えるって……犯人がか？」

「ああ。偽装工作を行った人物であり、事件を通報した張本人でもある。つまり、野尻教授を殺害した真犯人だ。その人物は、ＤＮＡのトリックを確実なものにするために、なるべく新鮮な血痕を警察に採取させたかったんだろう。だから、野尻教授を殺害した直後に、自ら通報したんだ」

そう語る静也の表情に、どきりと心臓が跳ねる。遠くを見るように細めた目に、口元の微かな笑み……。閃《ひらめ》きの訪れのサインだ。静也はすでに真実に手を触れているのだ――遊馬はそのことを察知した。

「犯人は誰なんだ？」

遊馬は我慢できずに、単刀直入に尋ねた。

「抗体の分析のあとで、服に残された血液を調べ直してみたんだ」と静也は遊馬の方に顔を向けた。「血清中の成分を細かく見ていったら、伊上さんのものではないDNAが検出された。白血球由来のそれに比べると微量だったから、警察の鑑定では見過ごされていたんだろうね。ちなみに、野尻教授のDNAとは一致しなかったよ」

静也の返答に、遊馬は眉根を寄せた。

「……そのDNAはどこから来たんだ？」

「服に付けられた血液は、犯人のものだったんだ」静也はそう言って、ベンチから立ち上がった。「明日、紅森大学に行くよ」

「え？　何のために？」

「再生科学研究室のメンバーに、僕の考えを伝えるためだよ。彼らの中に犯人がいる可能性が高い。土曜日で申し訳ないけど、全員を集めてほしい。DNAは究極の個人情報だからね。警察の指示であっても、提出に応じないかもしれない。だから、しっかり事情を説明して、納得した上で協力してもらいたいんだ」

「……いいのか？　お前に余計な負担を掛けることになる」

「仕方ないよ。血痕の分析を引き受けた以上、その結果を事件解決に繋げる義務があると思うしね」と静也は肩をすくめた。

　彼がやると言っている以上、それを止めるつもりはなかった。ただ、静也は血液分析のプロではあるが、警察の人間ではない。万が一にも危害が及ばないように、自分がしっかり守らねばならない。

「了解だ。午後の時間帯にセッティングするから、よろしく頼む」

　遊馬はベンチから腰を上げ、静也に向かって手を差し出した。

「……何の握手だい？」と静也が小首を傾《かし》げる。

「感謝と激励、あとは応援かな。人前に出るのは苦手だろ？」

「別にどうってことないよ。留学中に、何度も学会での口頭発表を経験してる。聴講者が何百人いても平気だったよ」

「でも、好きではないよな？」

　遊馬が笑ってみせると、「まあね」と静也は苦笑した。

「だったら、パワーを送っておく必要はあるよな」

　遊馬はそう言って、自分から静也の手を握った。

「強引だなあ」と笑いつつ、静也が握り返してくる。彼の手は華奢で、そしてひんやりと冷たかった。

7

十一月二日、土曜日。伊上美奈子は自宅マンションの前にいた。

時刻は正午を三十分ほど回ったところだ。マンションの上階からは、子供たちの楽しそうな声が聞こえてくる。家族と食事をしているのだろう。

今日はよく晴れている。日差しは温かく、風は柔らかい。紅葉を見に行くにはうってつけの天気だ。きっと、紅森市を囲う森に多くの観光客が足を運ぶことだろう。

だが、伊上はまるで楽しい気分にはなれなかった。じっとしていると、つい周囲を見回してしまう。今にも誰かが襲ってくるのではないかと不安になる。

通り魔に襲われ、野尻が殺され、殺人容疑で逮捕され、さらには盗聴犯の存在も明らかになり……と、わずかな期間に立て続けに不幸に見舞われたショックが、今になってじわじわと心に染み込んできていた。また、何かよくないことが起きるのではないか。次こそは自分の命が危ういのではないか。そんなことばかりを考えてしまう。

伊上は左手の中指に目を向けた。通り魔に切られた傷はまだ癒《い》えていない。治りが遅いという実感はある。精神の不調が肉体に影響を及ぼし、治癒力を低下させているのかもしれない。

と、その時、一台の黒いセダンタイプの車が伊上の目の前で停車した。

運転席のドアが開き、桃田が降りてくる。今朝、彼から「一時前に迎えに行くので、マンションの前で待っていてください」という連絡があった。詳細は聞かされていなかったが、研究室で何か話をするらしい。その場に同席してほしいということのようだ。

「すみません、お休みのところを」

優しい声で申し訳なさそうに桃田が言う。逮捕された時も感じたが、彼はいい意味で刑事らしくない。体格は立派だが物腰は紳士然としていて、どこにも偉ぶったところがない。だからこそ、手錠を掛けられることへの恐怖を感じずに済んだのだ。

伊上は桃田の顔を見上げ、小さく微笑《ほほえ》んでみせた。

「いえ、いい機会だと思いますから」

釈放されてから、まだ一度も研究室には顔を出していない。学生やスタッフがどんな反応をするかを考えるとなかなか踏ん切りがつかずにいたが、これがきっかけになるかもしれないと伊上は考えていた。どこかで一歩を踏み出さないと、いつまでも家から出られなくなってしまう。

「そうですか。それほど長くはかからないと思います。大学までお送りしますので、後ろにどうぞ」

彼が後部座席のドアを開いてくれる。

「すみません」と車に乗り込んだところで、伊上は助手席に見知らぬ男性が座っていることに気づいた。

その横顔の美しさに、思わず息が止まる。切れ長の目に、芸術作品のように整った輪郭……。黒いタートルネックのセーターを着ていることもあり、彼の肌は雪のように白く感じられた。

男性がこちらを振り返る。見つめられた途端、心臓が激しく高鳴り始めた。

「座ったままですみません。天羽といいます」

「彼は、血液研究のスペシャリストなんです」運転席に座った桃田が言う。「警察の人間ではないんですが、以前から捜査に協力してくれてまして。今回も分析を担当してもらいました」

「は、はあ、そうなんですか……。よろしくお願いします」

小さく頭を下げ、伊上は夢を見ているような気分でシートベルトを締めた。

車がゆっくりと動き出す。

外を見て気を紛らわせようとするが、視線がどうしても助手席の方に向いてしまう。

天羽はその大きな瞳で静かに正面を見つめている。

「あの、天羽さんは、どちらの大学にお勤めなんでしょうか」

「出身は紅森大ですが、今は自宅で研究をしています。アマチュア研究者といったところでしょうか」

「でも、設備はすごいですよ」と桃田が誇らしげに補足する。その口調には親しみが感じられた。二人は仕事以外のところでも交流があるのかもしれない。

「血液の研究というのは、具体的にはどういったことを？」

「……そうですね。ざっくりと言えば、『遺伝子と血液成分の関係性について』ということになるでしょうか。ある変異がどう血液に影響するのかを調べています」

「なるほど。医療や創薬に役立ちそうですね」

「そうなればいいと思っています」と微笑み、天羽が伊上の方を振り向いた。「伊上さんの研究室では、iPS細胞に関する研究を行っているそうですね」

「あ、はい」

いきなり質問を投げ掛けられ、伊上は慌てて頷いた。

「お伺いしたいんですが、iPS細胞作製に必要な体細胞のサンプルはどのように入手しているのでしょうか」

「それは研究室のメンバーから定期的に採取していますね。研究内容はiPS細胞からの臓器作製なので、健常人のものを使っています」

「自分以外の細胞も使えるのですか？」

「ええ、多様性も必要ですから……それが何か？」

「あとで説明します。参考になりました。ありがとうございます」

天羽はそう言うと、視線を正面に戻して口を閉ざした。

今の質問はどういう意味があったのだろう？　その答えを思いつくより先に紅森大学に到着してしまった。

伊上は車を降り、桃田、天羽と共に理学部本館へと向かった。

五階の廊下には三木里の姿があった。彼は伊上を見るなり、「ああ、よかった。お元気そうで何よりです」と大きく息を吐き出した。

「すみません、長く研究室を空けてしまって。三木里さんに大きな負担を掛けてしまいました」

「いやいや、とんでもないトラブルに見舞われたわけですから、休養は必要ですよ。学生たちも同じ気持ちだと思います。しばらくは何とかなりますから、こちらのことは気にせずにゆっくりしてください」

「……ありがとうございます」

伊上が頭を下げたところで、すっと桃田が前に出た。

「三木里さん。研究室の皆さんはお揃いですか」

「はい、全員揃っています。事務室の方で待機してもらってます」

「では、そちらで話をさせていただきます。構わないよな？」

桃田が天羽を振り返る。天羽は涼しい顔で「ああ」と小さく頷いた。そんな何気ない仕草もとても魅力的だった。気品がある。

三木里を先頭に、四人で事務室へと向かう。

部屋に入った瞬間、中にいた全員が伊上に視線を向けてきた。安堵《あんど》、同情、喜び……そういったポジティブな表情の中に、一つだけ異質なものが混ざっていた。睨《にら》むように伊上を見つめる険しい眼差《まなざ》し……。柏原は周囲から離れ、部屋の隅にぽつんと立っていた。彼が昼間に研究室にいるのを見るのは、ずいぶん久しぶりのことだった。以前より髪が伸びていたが、伊上に対する反抗的な態度は相変わらずだ。

「皆さん、お集まりいただきありがとうございます」研究室のメンバーを見回しながら、よく通る声で桃田が言う。「捜査へのご協力をお願いしたく、こうして説明の場を設けさせてもらいました。具体的な話は、捜査の特別アドバイザーである天羽博士にお願いしたいと思います」

桃田が壁際に下がり、替わって天羽が前に出る。彼を見て、数人の学生が「ほぅ」とため息を漏らした。常人とあまりに違いすぎる彼の容姿に感銘を受けたらしい。その気持ちはよく分かる。

「初めまして。天羽と申します。今回、現場で発見された血液の鑑定を担当しました。

その結果について簡単にお話しいたします」

天羽は穏やかな声でそう言い、野尻の服に付着していた血痕から二人分のＤＮＡが検出されたことを説明した。

思いがけず知らされた事実に、伊上は思わず「えっ」と声を上げた。

隣にいた三木里が、「質問、いいですか」と手を挙げる。「ＤＮＡの片方は伊上さんのものだと伺いました。もう一方は誰のものなんですか？」

「野尻さんを殺害した犯人のＤＮＡだと思います」

天羽が淡々と、しかし自信に満ちた口調で明言した。

「犯人の？　しかし、それならどうして伊上さんのＤＮＡが検出されたんですか」

三木里が早口で尋ねる。答えが知りたくて仕方ないといった様子だが、伊上も同じ気持ちだった。

「こちらの研究室では、ｉＰＳ細胞の研究を行っているそうですね。釈迦《しやか》に説法になりますが、ｉＰＳ細胞にはあらゆる細胞、組織に成長するポテンシャルがあります。その中には、赤血球と白血球も含まれています」

天羽のその言葉を聞いた瞬間、伊上は矢に貫かれたような衝撃を受けた。

――まさか、そんなことが……？

「ｉＰＳ細胞の作製のために、研究室の皆さんは自分の皮膚細胞を提供していたと伺いました。提供された細胞は誰にでも使える状態にあったそうですね。以上のことから、犯人は伊上さんの細胞からiPS細胞を作製し、そこから赤血球と白血球を作り出したのだと推理しました。犯人の用いたトリックはこうです。まず、自分の血液を採取し、それぞれの成分に分離します。そして、伊上さんの細胞由来の赤血球と白血球に、自身の血から取った血小板などを加えたのです。こうして作製した血液を野尻教授の服にわざと付着させたのですよ。この手順を踏めば、血液型とDNAは伊上さんのものとなり、しかも血小板は新しいままですから、現場で彼女の指から出血した血液だと思わせられるはずです」

天羽の推理に、研究室のメンバーが黙り込む。

伊上はその沈黙に促されるように、「そのトリックのために、通り魔は私を襲ったのですか」と質問した。

「おそらくはそうでしょう。トリックの要《かなめ》である赤血球や白血球を作製するには、数カ月単位での時間が必要だったはずです。犯人はその準備を終えた上で、あなたに怪我を負わせたのです」

「じゃあ、あの男が野尻先生を……」

「もし単独犯なら、間違いなく同一人物です」天羽はそう断言し、ゆっくりと室内を見回した。「伊上さんの提供した細胞を使えるのは、この研究室の人だけです。つまり、皆さんの中に犯人がいるということになります。その一人を特定するために、皆さんからDNAを採取したいと思います。もちろん、犯人特定のための分析以外には利用しません」

「ということです。ご協力、よろしくお願いします」と桃田が全員に呼び掛ける。

研究室の面々は困惑した表情を浮かべている。明かされた事実のインパクトを受け止めるのに時間が掛かっているのだ。

と、そこで伊上は、柏原が真っ青な顔をしていることに気づいた。額には汗が浮かび、握った拳が小刻みに震えている。

「おや、どうしました？　顔色が優れませんが」

桃田が柏原に向かって声を掛ける。柏原は首を振り、「……俺は、嫌だ」と絞り出すように言った。「プライバシーの侵害じゃないか」

「DNAの提出を拒否されるということですか。他の皆さんはいかがですか」

桃田が呼び掛けるものの、口を開く者は一人もいない。

「みんな、どうかしてるんじゃないか⁉」柏原が前に出て、突然大声を張り上げた。

「警察なんて信用しちゃダメだ！　俺たちのDNA情報を悪用するに決まってる！」

柏原は必死にそう訴えるものの、誰も彼と目を合わせようとすらしない。

「今の時点では拒否していただいても構いませんよ」桃田が柏原にゆっくりと近づい

た。「ただし、他の方の解析が済んでも一致する人物がいない場合は、改めてDNAの提出をお願いすることになります。それを拒否されるようなら、家宅捜索を行ってあなたの毛髪などを採取します」

「……お、俺はやってない」

「誰もあなたが犯人だとは言っていません」

醒めた声で天羽が呟く。

室内に気まずい静寂が満ちる。メンバーたちは疑惑の眼差しを柏原に向けていた。

「……あいつらが悪いんだ」

柏原がぼそりとそう言った。その目は血走り、目尻《めじり》には涙が浮かんでいた。

「ちょっと失敗したからって俺のことを無視しやがってよぉ！　そんなのイジメと変わんねえじゃねえか！　責任を取るのは当然だろうが！」

あまりに一方的な言い分に、「違うわ！」と伊上は反論した。「私たちはあなたと話し合いをしたかった。それを徹底的に拒絶したのはあなたじゃない！」

「あんたらと話したって、どうせ細かいことをぐちぐち言うだけだろうが！　俺に嫌がらせしたいだけなんだ！」

「細かいことなんかじゃない」伊上は柏原をまっすぐ見つめながら言った。「得られたデータに対して真摯《しんし》であることは、科学者として一番大事なことなの。私も野尻先生も、あなたにそれを分かってほしいと思ってた」

「う、うるさいっ！　俺に説教するな！」唾を飛ばしながら柏原が絶叫する。「もういい。全部ここで終わらせてやるよぉ！」

大声で怒鳴りながら、柏原がポケットから折りたたみ式のナイフを取り出す。そのナイフには見覚えがあった。伊上を襲った通り魔が持っていたものと酷似していた。

「うわあああーっ！」

柏原が握り締めたナイフを自分の首へと突き出す。

血しぶきが飛び散る光景を想像した瞬間、桃田が獲物に襲い掛かるヒョウのような身のこなしで柏原に突進していった。

桃田が長い腕を伸ばして柏原の手首を掴み、素早く後ろに回り込む。そこから一瞬の躊躇《ちゆうちよ》もなく、彼は柏原の腕をねじり上げて床に組み伏せた。

「静也、頼む！」

桃田が天羽に向かって怒鳴る。天羽は軽く頷き、真っ黒なスマートフォンを取り出してどこかに電話を掛けた。

「容疑者と思しき人物を確保しました。応援お願いします」

天羽がそう告げる。すると、一分もしないうちに制服姿の警官たちが事務室に現れた。桃田たちはこの事態を想定し、近くに応援部隊を待機させていたのだろう。

ねじ上げられた腕の痛みに「いだだだ！」と柏原は情けない声を上げている。そちらに歩み寄り、天羽は床に落ちていたナイフを取り上げた。

「君は、警察が伊上さんのＤＮＡに気を取られ、血清中の微量なＤＮＡは無視すると考えていたんだろう。今さら言っても手遅れだけど、見通しが甘いね。本気で警察を欺くのなら、血清中のＤＮＡを徹底的に取り除くべきだった。でも、そうはしなかった。時間を掛けすぎると血小板の劣化が進むから、やむを得ずそうしたのかな。現場で出血したという偽装を優先したんだろうけど」

天羽の容赦ない指摘に、「ぐぐ……」と柏原が顔を歪《ゆが》める。

「罪をしっかり償うんだね」

天羽はナイフをハンカチにくるんで近くの警官に手渡し、「舌を噛《か》む可能性がありますタオルか何かを噛ませた方がいいでしょうね」と助言した。

柏原の嗚咽《おえつ》が響く中、天羽が悠然と事務室を出て行く。伊上は心臓の高鳴りを自覚しながら、ドアが閉まるまでその背中をじっと見つめ続けた。

8

事件の解決の二日後。

天羽静也は、屋敷の廊下から窓の外を眺めていた。

かつて父が熱心に手入れをしていた庭が、夕暮れ色から夜の色へと変わりつつある。日が短くなったことを実感させられる景色だった。ちょうど、紅森市の紅葉がベストシーズンを迎える季節だ。

だが、天羽家の屋敷を囲う森には紅葉する木がほとんどない。人工林なので、意図的に落葉樹を外して木を植えたことになる。父や祖父より遥かに前の時代の祖先もまた、やはり血のように赤い、あの色を嫌ったのだろうか。

自分も赤は嫌いだ。青や灰色、黒といった色合いに落ち着きを感じる。だが、トマトだけは別だった。トマトジュースやトマトソースの料理が無性に恋しくなる時がある。それはひょっとすると、ある種の代償行動なのかもしれない。

そんなことを考えていると、正門の前に一台の車が停まるのが見えた。桃田遊馬が運転席から降りてくる。その手には、彼のよく使う弁当屋のレジ袋が提げられていた。

静也は小さく吐息を落とし、玄関の方へと歩き出した。

インターホンが鳴らされるより早く、扉を開ける。扉のすぐ前にいた遊馬が、「うお、驚かせるなよ」とわざとらしくのけぞった。

「車が見えたから出迎えに来たんだ」

彼を邸内に迎え入れたところで、「途中でタクシーとすれ違ったよ」と遊馬が言った。「後部座席に、伊上さんが乗ってたな」

「……うん、さっき来てたよ」と静也は扉を閉めながら言った。「手土産持参で、事件解決のお礼を言いに来てくれたよ。義理堅い人だね」

「その格好で会ってたのか？」と遊馬が怪訝そうに言う。静也は黒衣の袖をつまみ、

「実験中に応対したからね」と頷いた。

「で、どんな話をしたんだ？」

「別に大したことは」遊馬の視線を背中に感じつつ、静也は肩をすくめてみせた。

「事件の話をして、これからも研究を頑張りましょうってエールを交換しただけだよ。来てから帰るまで、だいたい十五分くらいかな」

「それだけか？　何も言われなかったのか」

「どういう意味かな？　何を言われたと思っていたんだい？」

鍵を締めて振り返ると、遊馬は視線を逸《そ》らして首筋を指で搔いた。

「食事に行きましょうとか、映画を観に行きましょうとか、そんな感じのことだよ」

「残念ながらなかったね、そういうお誘いは」

「なかったんじゃなくて、言わせない雰囲気を作ったんじゃないのか」

「かもしれないね」と静也は答えた。「よそよそしい態度だったのは確かだよ」

「もったいないな。彼女は大学の研究者だ。きっとお前と話が合うと思う」

「変に気を回さなくていいよ」と静也は苦笑してみせた。「今は研究が忙しいし、なるべくそっちに没頭したいんだ。新しい人間関係を構築する時間はないよ」

そう答えると、「……悪かったな」と、遊馬が申し訳なさそうに呟いた。「こっちの都合で血液の分析を頼んじまって」

「それは別に構わないよ。分析テクニックを磨くチャンスだと思ってるから。微量成分から様々な情報を引き出す技術は、僕の研究にも役立つんだ。まあ、だからと言って、そんなに頻繁に来られても困るけどね」

「そっか。じゃ、またよろしく頼むな」遊馬は白い歯を見せて、手にしていたレジ袋を軽く持ち上げた。「いつものところで弁当を買ってきたぞ。あとで食べようぜ」

「今日のメニューは？」

「オムライス弁当……と言いたいところだけど、売り切れてたから二つともステーキ弁当だ」

「道理でニンニク臭いと思ったよ」

「別にいいじゃないか。誰とも会う予定はないんだろ？」

「ないけど、あまり匂いの強いものはね」

「なんだよ。そんなこと言ってたら、ヴァン……」

遊馬が言いかけた言葉を慌てて飲み込む。

静也は小さく笑うと、人差し指を立ててみせた。

「いま何を言おうとしたのか当ててみようか。『そんなこと言ってたら、ヴァンパイア扱いされるぞ』じゃないかな？」

「……知ってたのか？　ウチの署でそう呼ばれてること」

「へえ、そんなあだ名が付いてたんだ」

静也がそう返すと、遊馬がしまった、という顔で口に手を当てた。

「刑事なんだから、誘導尋問には注意しないと」と静也は笑った。「吸血鬼呼ばわりされるのには慣れてるよ。小学校の頃からずっとだからね。この街には吸血鬼にまつわる伝説も多いし、仕方がないよ」

「慣れてるからって、呼ばれて嬉《うれ》しいわけじゃないだろ。少なくとも、俺はお前がそんな風に呼ばれてるのを聞くのは嫌だぜ」

遊馬が静也の目を見つめながら、真剣な口調で言う。そのまっすぐな眼差しに胸の痛みを覚え、静也は逃げるように彼に背を向けた。

「まあ、そういう呼び名が消えるに越したことはないね」

冷静を装ってそう言うと、「だろ！」と遊馬は張り切った声を返してきた。

「……いつもの部屋に行こうか」

静也はそう言って廊下を歩き出した。

窓の外は、すっかり日が暮れてしまっていた。夜の色は、やはり心が落ち着く。それもまた、自分の体質の一部なのかもしれない。

遊馬は、「ヴァンパイア」というあだ名に憤っている。しかし、ある意味ではそれは極めて適切な呼び名だ。

紅森市に残る吸血鬼伝説。ヒトの血を求めて夜の世界を徘徊《はいかい》する怪物——。その存在は、おそらくは絵空事ではなく、何らかの歴史的事実に端を発しているのだろうと静也は考えていた。

ヴァンパイア因子。

それは、静也が独自に血液を研究する中で発見した遺伝子の名前だ。公表はしていないため、世間には誰も知る者はいない。

ヴァンパイア因子は七番目の染色体上に存在する遺伝子で、八百四十一残基からなるタンパク質をコードしている。まだこのタンパク質には名を与えていないが、便宜的にVampire protein 01——VP01と呼んでいる。

このタンパク質は、舌にある味蕾《みらい》と呼ばれる部位に存在する。味蕾は味覚を司《つかさど》る器官であり、VP01を持つ人間は、味覚が普通の人間と異なっている。

人間の血液には、塩化ナトリウム換算でおよそ〇・九パーセントの塩分が含まれている。普通なら、舐《な》めても薄い塩味を感じるだけだ。風味はいわゆる鉄臭さがあり、美味しいとは言い難い。

そういった基本的な味覚は、VP01を発現していても変わらない。血はまずく感じるし、それを摂取しないと生きられないわけでもない。

ただし、ある特定の血液だけは別だ。ヴァンパイア因子を持つ者がその血液を舐めると、濃密な甘さと脳を痺れさせるほどの旨味を感じてしまうのだ。それは、この世で最高の美味なる液体だ。一度味わうと決して忘れられない、麻薬のような中毒性を伴う危険な存在となる。詳細なメカニズムは研究中だが、VP01が血中の特定成分を認識し、脳に快楽のシグナルを送っているのだと静也は推測している。

ヴァンパイア因子がいつからこの世に存在していたかは分からない。しかし、どの時代であっても、特別な血と巡り合ってしまった者はその味の虜になったはずだ。夜の世界をさまよい、自分を満足させてくれる血を求めて通りすがりの人間を襲ったかもしれない。それがおそらく、吸血鬼伝説に繋がったのではないかと思う。

吸血鬼は決して、架空の存在ではない。そのことを、静也は誰よりもよく知っていた。

静也が研究に用いているのは、自分自身のDNAだ。他者と自分の遺伝子を比較することで、静也はヴァンパイア因子を突き止めることに成功した。

青い絨毯の敷かれた廊下を歩きながら、静也は考える。

自分がヴァンパイア因子を持つ、正真正銘の吸血鬼だと告白したら、遊馬はどう感じるだろう。静也のことを化け物扱いするだろうか。それとも今までと変わりなく接してくれるだろうか。

静也はこれまでに何千回もその問いについて考えてきた。だが、未だにその答えは出ていない。おそらく、永遠に答えが得られることはないだろう。

「――なあ、大丈夫か？」

ふいに、後ろから遊馬が声を掛けてきた。

「何が？」と静也は振り返らずに尋ねた。

「いや、何か悩んでるみたいだったからさ」

「……別に。ただ、次の実験の計画を考えてただけさ」

静也はそう言って、少しだけ歩く速度を上げた。

Vampire Detective

第二話

ブラッド・オブ・ラブ

——愛の果てに

1

「……ああ、こっちはダメか」

路地の先に大通りが見え、黒崎隆壱《くろさきりゅういち》は絶望的な呟きと共にいま来た道を戻り始めた。

十一月の冴《さ》えた空気の中、真夜中の住宅街はどこまでも静まり返っていた。そのあまりの静けさに、自分の荒い呼吸が誰かに聞かれるのではと不安になる。息を潜めなければならないと分かっていても、足を踏み出すたびにうめき声が口から漏れてしまう。

黒崎は奥歯を噛み締めながら、自分の左足首に目を向けた。ズボンの上からでは分からないが、おそらく足首の靭帯《じんたい》を痛めてしまっているはずだ。関節のどこかを骨折している可能性もある。さっきから脂汗が背中に滲《にじ》んで仕方ない。

追っ手から逃れるためにフェンスを乗り越え、着地に失敗した時に足を痛めた。あれは果たして何時間前のことだっただろうか。紅森市に入ったのが、今日の夕方だ。怪我をしたのはそのすぐあとなので、六、七時間前といったところか。

怪我をしたあと、自分はどうやってここまで歩いてきたのだろう。思い出そうとしても、何も浮かんでこない。痛みのせいでまともに脳が機能していない。

民家が建ち並ぶ路地は入り組んでいて、果てない迷路のように代わり映えしない景色が続いている。歩き続けたらどこに出るのかは分からない。そもそも、いま自分がどちらの方角に進んでいるのかさえ定かではなかった。

紅森市にやってきたのは、これが初めてだった。身を潜めるためにこの街を目指したわけではない。検問を逃れながらひと気のない道を選び続けた結果、いつの間にか紅森市に入っていたというだけだ。

紅森市は他の地域に比べて殺人などの凶悪犯罪が多いことで有名だ。この特別な場所なら、あるいは自分もうまく溶け込むことができるかもしれない。

そんな淡い期待を抱いた時、路地の先に車のヘッドライトが見えた。

それがパトカーのものであることに気づいた瞬間、黒崎は真横にあった民家の塀の裏側に身を隠した。

枯れた芝生の上に座り込み、口に手を当てて息を止める。

もし相手に気づかれたら、この足ではもう逃げられない。黒崎は祈るように目を閉じ、コンクリートの冷たいブロックに背中を押し付けた。

歩いているかのような速度で、パトカーが真後ろを通り過ぎていく。

その気配が完全に遠ざかるのを待ち、ゆっくりと目を開ける。

恐る恐る塀の陰から路地の様子を窺うと、三〇メートルほど先にブレーキライトの赤い光が見えた。停車したパトカーのドアが開き、警官が外に出ようとしている。

——やばい……っ！

隠れ続けるべきか、それとも逃げるべきか。迷いを覚えるより先に、黒崎は路地へと滑り出ていた。

後ろを振り返らずに、民家の塀沿いを歩いていく。さっき慌てて庭に飛び込んだせいで、左足の痛みはさらに激烈なものになっていた。

引きずるように一歩を踏み出すたびに脳天に響く痛みが走り、前へ進もうという意志が挫《くじ》けそうになる。それでも黒崎は必死に歩き続け、突き当たりの角を右に折れた。

息を整え、耳を澄ませる。背後からは足音は聞こえなかった。

逃げ切れたか……。

大きく息を吐き出したその時、乾いた音が黒崎の耳に届いた。路地の向こうから、誰かがこちらに近づいてくる。

さっきの警官たちはまだ近くにいるだろう。後ろには下がれない。左右を見回すが、身を隠せそうな塀やゴミ箱はなかった。

ダメだ、どうしようもない……。

諦観の念がふっと心に兆した瞬間、こらえていた痛みが突然爆発した。

あまりの激痛に、脳がスイッチを切ったかのように目の前が暗くなる。

「ぐう……っ」

立っていることすらままならず、黒崎は路上に倒れ込んだ。

顔をしかめながら仰向けになる。

電線に挟まれた夜空に、微かに青く輝く星が見えた。

あんな色の星があっただろうか？　考えようとしたが、そもそもまともに夜空を見た記憶がなかった。あるいは、痛みから来る幻覚が見せている光なのかもしれない。

こちらへと向かっている足音がはっきりと聞こえる。

よくやったと自分を褒める気にはならなかった。逃げ切れるなどという考えが、そもそも甘かったのだ。こうなることは避けがたい運命だったのだろう。

そこで足音が止まる。相手がこちらの存在に気づいたらしい。

……ここまでか。

背中にアスファルトの冷たさを感じながら、黒崎は目を閉じた。

2

「どうも、ありがとうございました。また別の者が伺うかもしれませんので、その際はよろしくお願いします」

桃田遊馬は住人への聞き込みを終え、頭を下げてその場を離れた。

民家の敷地を出てから、印刷したリストを取り出す。現場周辺の住人の名前をまとめたものだ。いま話を聞いた老人の名前の横に「○」を書き込み、その脇に今日の日付である〈11／20〉を記入する。

これで、自分に割り当てられた範囲での聞き込みの半分が完了したことになる。しかし、耳寄りな証言はまだ得られていない。他のエリアで有用な情報を引き出せることを祈るしかない。

「さて、と」と呟き、遊馬は歩き出した。次は、現場の西側での聞き込みだ。

時刻は午後二時過ぎ。このところ晴天続きで、今日も十一月にしてはかなり暖かい。頭上の電線では、楽しげにスズメたちが鳴き交わしている。実に平和な昼下がりの住宅街、といった雰囲気だ。

だが、おそらく住人たちは不安な時間を過ごしていることだろう。

まっすぐな道を進んでいくと、道路のアスファルトを丹念に調べている青い作業服姿の男性たちがいた。紅森署の鑑識係の面々だ。彼らが作業をしているのは、交番の前だった。

木綿豆腐のような真四角で白い建物に近づくと、出入口に張られた黄色い立入禁止のテープが見えた。その手前にいるのは虎姫だった。

「お疲れ様です」

遊馬は虎姫に近づき、声を掛けた。

「あ、どうも……」

「聞き込み、もう終わったんですか？」と遊馬は尋ねた。遊馬とコンビを組んでいる彼女も、このエリアでの聞き込み担当だ。

「いえ、まだ途中です。移動中にここを通り掛かったので、見ておこうと思って」

そう言って、彼女が交番の中に目を向ける。

壁に貼られた様々な掲示物や近隣の地図。六帖ほどの手狭な空間に置かれた一台の事務机。分厚いファイルが雑多に詰め込まれたキャビネット。どこにでもある普通の交番の風景の中に、明らかに異質な「色」があった。

薄黄色のリノリウムの床に広がっている、濃厚な赤色……それは、ここで亡くなった警官の体から流れ出た血液だ。

亡くなったのは、福江蒼平《ふくえそうへい》巡査、二十九歳。紅森市出身で、ここから徒歩十分ほどのところにある実家から職場に通っていた。

彼の遺体を発見したのは、同じ交番に勤めている警官だった。今日の午前八時頃、交替のために出勤した彼は、交番内で倒れている福江に気づいた。慌てて駆け寄ってみると、彼の脇腹からは包丁が突き出しており、体はすでに冷たくなっていた。

福江の死因は包丁で刺されたことによる失血死だった。正確な時間はまだ分かっていないが、死後硬直の進み具合から、死亡推定時刻は午前二時頃だと考えられている。

福江は一人で勤務していた。事件の目撃者はおらず、物音や叫び声を聞いたという証言も出ていない。ただ、福江の警棒や拳銃《けんじゅう》には使用された形跡がなかったことや、包丁が斜め後ろから腎臓《じんぞう》を貫いていたことから、不意を突かれて背後から襲われたと考えられている。なお、包丁の柄《つか》からは指紋は検出されなかった。犯人が布か何かで拭い取ったようだ。

「……なぜ、福江巡査が殺されなければならなかったのでしょう」血痕を見つめながら虎姫が呟く。「彼はとても仕事熱心で、地域の安全のために頑張っていた……近隣の住人は、口を揃えてそう言っています」

「……残念ですね」

遊馬はそう呟き、目を閉じて手を合わせた。「なぜ」に対する答えは持ち合わせていなかったが、せめて彼の冥福《めいふく》を祈りたかった。

「悪いことは続きますね。逃亡犯の方もまだ見つかっていないのに」

虎姫が右手を持ち上げる。彼女の指差す先にあるのは、一枚の指名手配のポスターだった。

容疑者の名は黒崎隆壱。年齢は三十五歳で、定職には就いていない。垂れ目がちの三白眼と、唇の薄い幅広の口。顎にはわずかに無精ひげが生えているが、いわゆる悪人顔ではない。

だが、もちろん彼は犯罪者だ。しかも、殺人という重罪を犯している。

黒崎が人を殺《あや》めたのは、今から十日前のことだった。現場は、紅森市から五〇キロほど南にある、青川《あおかわ》市のアパートだ。ちょうど日付が変わった直後、黒崎は口論の末、同棲《どうせい》していた住人女性を階段から転落死させていた。

その後、黒崎は隣人の通報を受けて駆けつけた警官によって、一時は身柄を確保された。だが、手錠を掛けられる寸前にその場から逃げ出し、黒崎はアパートの前に停めてあった自分のスクーターに飛び乗った。

黒崎は緊急配備をかいくぐりながら北上し、半日近い時間を掛けて紅森市にたどり着いたようだ。同じ日の夕方に、情報を得ていたパトロール中の警官が黒崎を発見している。パトカーで追跡したものの、黒崎はスクーターを捨てて逃げ出し、住宅街へと姿を消してしまった。捜査は続いているが、その後の足取りは分かっていない。

「黒崎はまだこの街に潜んでいるはずです」と遊馬は言った。「きっとどこかの空き家にでも隠れているんでしょう」

「捜索を手伝いたいところですが、今はこちらの事件に集中ですね」

虎姫が険しい表情で言う。遊馬もその意見に賛成だった。

人の命に貴賤《きせん》はないが、警察関係者にとって警官殺しは特別な事件だ。紅森市を守るべき人間が殺されたという事実は、市民に強いショックを与えてしまっただろう。このままだと動揺は波のように広がり、警察に対する失望感として残ってしまう。早急にそれを払拭《ふっしょく》しなければならない。

と、その時、虎姫がびくりと体を震わせた。

どうしました、と声を掛けるより先に、「――お、ちょうどいいところに」と背後から呼び掛けられた。

振り返ると、墨染一男《すみぞめかずお》がすぐ近くに立っていた。年齢は今年で四十八歳。髪も顔つきもチャーリー・ブラウンによく似ている彼は、紅森署の鑑識係の係長を務めている。

「どうも、お疲れ様です」

虎姫が慌てた様子で頭を下げ、「私は聞き込みがありますので」と小走りに交番から離れていってしまった。去り際、彼女は背中を掻いていた。中高年の男性に接近されると出てしまうアレルギー症状だろう。

「俺、嫌われてるのかねえ」

ほとんど髪のない頭を撫でながら、少し悲しげに墨染が呟く。虎姫は自分の体質のことを周りには伏せている。知っているのは刑事課の課長の高月と、コンビを組んでいる遊馬くらいだ。

「そんなことはないですよ。やる気が溢《あふ》れすぎていて、ついつい対応がそっけなくなっただけだと思います」と遊馬は虎姫をフォローした。

「そうか。まあ、気合が入るのは分かるよ。特に、こんなところを見るとなあ」

墨染は薄い眉をひそめ、まだ生々しい痕跡が残る床を見つめた。

「そうですね。俺も同じ気持ちです。どうですか、調べてみた感じは。犯人に繋がる物証はありましたか」

遊馬の問いに、「ちょっと時間が掛かるだろうなあ」と墨染は腕を組んだ。「指紋も毛髪も、結構な数が出てるんだ。だから、逆に絞り込みが難しいのよ」

近隣住人との交流が豊富であれば、当然交番を訪ねてくる人の数も増える。人の痕跡が多く残っているのは、それだけいい仕事をしていた証拠だ。福江を死に至らしめた人間を何としても捕まえたい。その気持ちがぐっと深まるのを遊馬は感じた。

「とにかく候補をたくさんリストアップするやり方でも構いませんよ。俺たちがそこから犯人を必ず見つけ出しますから」

「うん、そうしてもらえると助かるな。ただ、その前に効率化の手段を模索しておきたいんだ」

墨染はそう言って身を屈《かが》めると、立入禁止のテープをくぐって中に入った。

「見ての通り、床には大量の血が溢れてるよな。だけどな、量は多くても激しく飛散してるわけじゃない。大半は、ガイシャが倒れてた場所を中心に広がっている。それはつまり、包丁で刺されたあとはほとんど動かなかったってことだ。一瞬で血圧が低下し、意識が失われたんだと思う。ところが、だ」

墨染は血を避けて床にしゃがみ、机の方を指差した。

「この事務机の脚のところに血痕が付着してたんだ。高さは床から三〇センチってところだな。血の量は少ない。水滴一つ分くらいだ。勢いよく飛んできたらしく、斜め下方向にぴゅっと伸びてた。さらに細かい飛沫《ひまつ》が床にも残ってる。血しぶきが直線状に付着した感じだな」

「犯人のものですかね」

「うん、その可能性はあると思う。綿密に分析したいんだが、いかんせん量が少ないんだ。データをきっちり揃えるには、最新鋭の機器と、それを使いこなす技術が必要になる」

「あ、ひょっとして……」

「そう、それでお前さんに声を掛けたんだ」腰を上げ、墨染は立入禁止のテープ越しに遊馬の肩を叩《たた》いた。「あの人に分析を依頼できないかと思ってる。高月課長の許可は取ってあるから手続きはこっちでやるよ」

「そういうことなら、分かりました」と遊馬は頷いた。

「ああ、よろしく頼む。ヴァ……じゃないな、すまん」墨染はギリギリのところで失言を回避し、「天羽博士にはいささか気難しいところがあるからな。お前さんから言ってもらうのが一番早い」と続けた。

「気難しいわけではないんです。ただ、ちょっと自分の世界に入りがちなところはあります」と遊馬は言った。鑑識の方から静也に連絡を取ろうとしても、なかなか電話が繋がらないらしい。実験が忙しいので着信を無視しているのだろう。

「まあ、研究者らしいといえばそうだよな。んじゃ、よろしくな」

墨染が、遊馬の胸を軽く押す。「なるべく早く話をします」と遊馬は一礼し、その場を離れた。

静也の分析技術は警察のそれを超えている。彼が手を貸してくれるなら、これほど心強いことはない。

――この弔い合戦、必ず勝ってみせる。遊馬はその決意と共に聞き込みを再開した。

3

翌日、午前七時。朝もやが立ち込める森の中の道を抜け、遊馬は静也の屋敷へとやってきた。今日は自宅からなので、捜査車両ではなく通勤に使っている自分のステーションワゴンだ。

門に近づいていったところで、塀沿いに二台のバイクが停まっているのに気づいた。

「へえ、珍しいな」と遊馬は思わず呟いた。静也は一人暮らしで、彼を訪ねてくる人間もほとんどいない。しかも、こんな早朝の時間帯だ。あるいは泊まりがけだったのかもしれない。

新しい友人ができたなら、それはそれで歓迎すべきことだ。用件を済ませたらすぐに帰った方がいいだろう。そんなことを考えつつ、遊馬は朝食の入った紙袋を持って車を降りた。

開けっ放しの門から敷地に入る。晩秋の、少し湿り気を帯びた冷たい空気が心地いい。邸内の木々や草花が放つ、微かな苦味を伴う香りは爽やかだ。

遊馬は深呼吸をしながら石畳を進み、屋敷の玄関へとたどり着いた。二メートル半はある大きな木製の扉は、朝日を受けて柔らかく光っている。

この時間に訪れることは、昨夜のうちに伝えてある。扉の脇のインターホンのボタンを押すと、すぐに扉のロックが外れる音がした。

ドアを開けて中に入る。と、そこで遊馬は足を止めた。

藍色の絨毯の敷かれた大広間に、黒衣姿の静也が佇んでいた。壁際の大きな振り子時計を見るその表情は神妙だ。長い付き合いから、あまり機嫌がよくなさそうだな、と遊馬は直感した。

「おはよう。悪いな、出迎えてくれたんだな」

「……ああ、おはよう」

「どうしたんだ？　ずいぶん憂鬱そうだな。寝不足か？」

「睡眠は充分にとったよ。君が早く来るのが分かってたから、それに合わせてスケジュールを組んである。この程度のイレギュラーで生活リズムが崩れることはないよ」

静也は淡々とそう答えた。

「じゃあ、どうしてそんな顔をしてるんだよ」

「……いつもの部屋で話そう」

小さく息を吐き、静也が歩き出す。

彼のあとを追いながら、「邪魔だったよな、悪い」と遊馬は謝った。

「……何のことだい？」と振り返らずに静也が聞き返してくる。

「門のところにバイクが停まってたんだ。誰か遊びに来てるんだろ？」

「勘違いもいいところだね」

静也はうんざりしたように言うと、廊下の途中で足を止めて窓の外に視線を向けた。

つられてそちらに目を向けると、フルフェイスのヘルメットをかぶった二人組が噴水の近くを歩いているのが見えた。どちらも男のようだ。キョロキョロと周囲を見回しながら歩いている。一方の手には木刀が、もう一人の手には金属バットが握られていた。

「おい、あれって強盗じゃないのか」

「違うよ。たぶん、これだと思う」

ポケットから取り出したスマートフォンを遊馬に渡し、静也は再び歩き出した。

「見てもいいのか？」

「じゃないと渡さないさ。ブラウザを開いてみなよ」

廊下を歩きながら、言われた通りにブラウザのアイコンをタップする。画面に表示されたのは、見知らぬホームページだった。シンプルな黒一色の画面に、白抜きの文字で大きく『賞金百万円』と書かれている。

「これは……」

「今、紅森市に殺人犯が潜伏してるらしいね」

「ああ。黒崎のことだよな」

「そのホームページは、彼に殺された女性の遺族が作ったものだよ。犯人逮捕に協力した人間に百万円を出すそうだ」と、静也が淡々と説明する。

「そんな話、聞いてないぞ」

「警察の懸賞金制度とは別に、遺族が独自に設定したんだね。確かに効果はあるだろう。犯人を探すなら、早い方が発見率は高まる。人の話題に上がりやすいし、逃げてる方も安定した生活基盤を作れていないからね」

「それと、あの連中がどう関係するんだ？」

「だから、その黒崎なにがしを探しに来たんだろうさ。町外れの怪しい館の敷地になら、犯罪者が潜んでいてもおかしくない。そんな風に考えたんだろうね」

「不法侵入じゃないか！」と遊馬は声を上げた。

「そう、その通り」と冷静に静也が頷く。「幸い、屋敷の方にまでは近づいてきていないけどね」

「でも、放置してたら何をやらかすか分からないぞ。警察に連絡すべきだ」

「もちろんそれは考えた。でも、遊馬たちがどれくらい忙しいかは分かってるつもりだよ。大事な時期に、この程度のことで手を煩わせたくはないんだ」

「……そういうことか」

今の話で、静也が不機嫌そうにしている理由がようやく分かった。不法侵入した連中を何とかしたいが、警察を呼び出すのは申し訳ない。その葛藤《かっとう》が静也を悩ませているのだろう。

「あの連中には、帰りに俺から注意しておくよ。あと、紅森署がやってるＳＮＳで不法侵入について注意喚起もやるべきだな。他の住宅でも似たようなことが起きてるかもしれないからな」

「うん。よろしく」

静也は小さく微笑んで、応接室のドアを開けた。

ソファーの間のガラステーブルには、銀色のティーポットが置かれていた。香りからして、淹れたてのコーヒーが入っているのだろう。その隣にはトマトジュースの入ったグラスがある。静也の一番好きな飲み物だ。

「悪いな、準備してもらって。せっかくだし、一緒に朝食といこうぜ」

「朝から重いものはちょっと」と静也が眉をひそめる。

「分かってる。だからパンにした。甘いものもしょっぱいものもある。好きなのを選んでくれ」

持っていた紙袋を開いてみせると、「選択肢が多いのはいいね」と静也が頷いた。その声に少し明るさが戻ったのを感じ、「だろ」と遊馬は白い歯を見せた。

二人でソファーに座り、選んだパンを食べる。静也はサンドイッチ、遊馬はアンパンにした。

コーヒーとこしあんのコンビネーションを味わっていると、「で、今度は何の依頼なのかな」と静也が切り出した。

遊馬は食べかけのアンパンをテーブルに置き、静也の目をまっすぐ見つめた。

「警官殺しの現場にあった血痕を調べてほしい」

「ああ、その事件か……」静也が表情を曇らせる。「新聞で見たよ。被害者の血を調べるのかい？」

「いや、実は……」

遊馬は机の脚に不自然な血痕が付着していたことを説明した。

「重要な証拠かもしれないから、慎重に分析を進めたいんだ。引き受けてもらえないか」

「ああ、やるよ」と静也はすぐに了承した。「警察はそちらの事件にかなりのリソースを注いでいるはずだよね。それが解決できれば、多少は人員の余裕もできるだろう。そうすれば、指名手配犯の確保も早まり、ここに入り込んでくるバウンティハンター賞金稼《ぎ》もどきもいなくなる」

「風が吹けば桶《おけ》屋が儲《もう》かる的な理屈だな」

「仕方ないよ。要は、降りかかる火の粉は払わねばならない、ってことさ。自分の安全の確保のためだ」

相変わらず理屈っぽいが、自分を納得させるためにそういう考え方を心掛けているのだろう。血液の研究を一時的に停止させるということは、それだけ静也にとっては重いことなのだ。

「ちなみに、血痕からどの程度のことまで分かりそうだ？」

「血液型、性別、薬物の服用の有無、ウイルスへの感染状況くらいかな」

「性別はどう判定するんだ？」

「性染色体を見れば一目瞭然だよ。男性はXY、女性はXX。遺伝学の基礎の基礎じゃないか。少なくとも、今までに三回は同じ説明をしてるよ。しっかり覚えておいてほしいね」

「悪いな、忘れっぽくて。次からは気をつけるよ」

「そのセリフも何回か聞いたことがあるけど」

「理系っぽい話は苦手なんだよ」と遊馬は頭を掻いた。数学も生物も物理も化学も嫌いだった遊馬は、大学では教育学部に通っていた。「ちなみに、他に分かることは？」

「うん。ちょっと試してみたいことがある。最近、血液からの年齢推定方法に関する論文がいくつか立て続けに出てね。いわゆるエピジェネティクスに分類されるんだけど、DNAのシトシン、あるいはアデニンのメチル化の度合いを解析することで、その遺伝子の持ち主の年齢がある程度分かるようになってきたんだ」

静也は当たり前のように専門用語を口にしたが、遊馬には完全に呪文としか聞こえなかった。

「はあ、メチル化……ねえ」

「解析手法についてはひと通り習得したよ。そろそろ実践に移そうと思ってたから、いいタイミングといえばいいタイミングかな」

「じゃあ、ぜひトライしてみてくれよ。ちなみに、どのくらいの誤差で年齢を絞り込めるんだ?」

「DNA以外の情報も加味すれば、精度は上げられると思う。データがまだ充分じゃないけど、プラスマイナス五歳以下を目標にしたいね」

「それはすごいな。期待してるぜ」

今日中にサンプルを届けることを約束し、食事を終えてから遊馬は屋敷をあとにした。

玄関先に立ち、敷地内を見回す。向かって左手にある、二階建ての白い建物のところにさっきの二人はいた。そこはこの屋敷で働いていた人々が住んでいた家で、便宜的に「天羽荘」という名前が付けられている。

二人は窓ガラスに顔を近づけ、中の様子を窺っている。黒崎が潜んでいないか調べているらしい。

遊馬はそちらに近づき、「すみません、紅森署の者ですが」と背後から声を掛けた。

二人がびくんと大きく体を震わせて振り返る。金属バットと木刀を構え、臨戦態勢を取るものの、ヘルメットシールドの奥の目は完全に怯《おび》えきっていた。まだかなり若い。おそらく二十歳《はたち》そこそこだろう。

「ここは私有地です。今すぐ立ち去るなら不法侵入罪には問わないと家主は言っていますが、どうしますか」

二人は無言で顔を見合わせ、慌ててその場を逃げ出した。その姿が門の向こうに消え、すぐにバイクのエンジン音が遠ざかっていった。

「やれやれ、謝罪の意志すらなし、か……」

大きくため息を吐き出したところで、遊馬はふと昔のことを思い出した。振り返って、天羽荘を見上げる。本館の方とは異なり、こちらは壁には意匠はほとんどない。ただ、窓枠や玄関のドアノブには鳥や花のレリーフが施されており、さりげない高級感を醸し出す役目を果たしていた。

今は無人となったこの建物に、かつては十人以上が住んでいた。その中には、遊馬の同級生もいて、何度かここに遊びに来たこともあった。まだ、静也と親しくなる前のことだ。

敷地の裏手にある森でかくれんぼをしたり、広い芝生でフリスビーを投げたり、石畳の上でラジコンカーを走らせたり……静也の父親は寛大だったため自由に遊び回れたが、きちんと許可を取ったわけではない。厳密に言えば、あれも立派な不法侵入だ。

「あんまり人のことは言えないな、俺も」

遊馬は独り言を漏らし、屋敷の方を一瞥してから歩き出した。

4

十一月二十三日、勤労感謝の日。祝日のこの日、遊馬は午前七時台から現場付近での聞き込みをスタートさせていた。

休みの日は、人から話を聞くのに適しているとも言えるし、不適だとも言える。その分かれ目になるのは、住人が外出しているか否かだ。在宅なら平日は仕事に出ている人間からも話が聞けるが、家族で外出していたらその家はいったん諦《あきら》めなければいけない。まさにハイリスク・ハイリターンな日と言えるだろう。

そのリスクを低減する方法が、朝早くからの聞き込みだ。要するに、家を出る前に捕まえて話を聞いてしまおうというわけだ。

福江が交番で殺されてから、今日で四日目。普段より多くの捜査員を投入して聞き込みを続けているが、未だに有力な手掛かりは得られていない。

どんな些細《ささい》なことでもいい。何とか住人から情報を引き出さねば。そんな思いで、遊馬は本日四軒目となる民家の前にやってきた。地理的には、事件現場の交番から南に一〇〇メートルといったところか。アルミ製の門の脇に設置されたポストの苗字欄は〈上松《うえまつ》〉となっていた。

古くからの住宅地であるこの地区には、庭付きの一戸建てが多い。この家もそうだった。門から玄関へと石畳が延びており、その両脇には鉢植えの菊がずらりと並んでいる。まっすぐに伸びた頑丈そうな茎に支えられている花はかなり大きい。遊馬の手のひらと変わらないサイズだ。相当な手間暇を掛けて育てているのだろう。

その大菊の間を通って玄関に向かう。チャイムを鳴らそうとしたところでドアが開き、白いセーターにジーンズ姿の女性が出てきた。年齢は三十歳くらいだろう。髪は明るめの茶色で、目尻の上がったややきつい印象を与える顔立ちをしている。

彼女が遊馬を見て、「どなたですか?」と眉間にしわを寄せる。

「朝早くからすみません。紅森署の桃田と申します」手帳を見せ、さりげなくドアを押さえる。「この付近の交番で起きた殺人事件、ご存じですよね。それについてお話を伺えればと思って参りました」

「ああ、はい」と女性が煩わしそうに髪を手で払う。「それなら、別の刑事さんに話をしました。特にお伝えすることもないので、失礼します。もし話を聞きたいなら、父に言ってください。中にいますから」

彼女は早口にそう言うと、遊馬のそばをすり抜けた。

「どちらへ?」

「仕事です。自営業ですから、祝日も働いてるんです」

「そうですか。ちなみにお仕事は何を？」

「ウェブページのデザイナーです。すみません、急いでるんで」

振り返りもせずにそう言うと、彼女は門の近くに停めてあった自転車に乗って出て行ってしまった。

遊馬は小さくため息をついた。どうも彼女は、警察にあまりいい印象を持っていないようだ。

実際のところ、警察の捜査に非協力的な市民は少なくない。聞き込みに訪れた先で居留守を使われるのは日常茶飯事で、ひどい時にはインターホンで名乗った直後に警備会社に連絡されたこともある。それだけ、刑事に対する苦手意識があるのだ。刑事そのものというより、犯罪と日々戦っている人間と接点を持ちたくない、という心理が働くのかもしれない。頑張ってもらいたいが、自分はなるべく関わらずに生きたい。それが平和に暮らしている市民の本音だろう。

「おーい、千穂《ちほ》ー。誰か来てるのかー？」

名前を呼びながら、家の中から老人が姿を見せた。さっきの女性の父親だろう。年齢は七十歳前後か。見事な白髪に、太いフレームの丸眼鏡。穏やかなその表情で、遊馬は子供の頃に通っていた近所の駄菓子屋の店主を思い出した。

「おはようございます。紅森署から参りました」

来訪の目的を伝えると、「ああ、あの事件ですか……それはご苦労さまです」と男性は眉毛を八の字にしながら頷いた。「上がられますか」

「いえ、こちらで結構です。もし何かご存じのことがあれば伺いたいのですが」

「残念ですが、何もありません」申し訳なさそうに言い、男性は玄関マットに腰を下ろした。「亡くなった福江くんは、ウチの娘の同級生でして……子供の頃からよく知っている子なので、本当に辛《つら》いですよ」

「そうでしたか。福江巡査は地域の皆さんに愛されていたようですね」

「ええ、ええ、本当にそうなんです。一人暮らしの老人の家をこまめに訪ねて回ったり、不幸があった人の精神ケアのために専門家を紹介したり……心に寄り添うというんですか。犯罪を防ぐだけじゃなく、よりよい暮らしを実現できるように気を遣っていましたよ、彼は」

老人はしみじみとそう語り、深いため息を落とした。

「ちなみに、福江巡査と娘さんは親しかったんですか？　先ほど同級生だとおっしゃっていましたが……」

「彼の方はいろいろと気配りをしてくれていました。というのも、娘は今年の春に、一人暮らしをしていた青川市からいきなりここに戻ってきましてね。仕事の方で何かトラブルがあったようなんですが、誰にも打ち明けようとしないんです。娘が落ち込んでいるのを知って、福江くんが心配しまして。パトロールついでにウチに寄ったり、娘に電話をしていたようです。そのおかげか、最近は娘も元気になってきてたんですがね……福江くんがああなったせいで、前よりさらに表情が暗くなってしまいました」

「なるほど、そうだったんですか……」

「福江くんは本当に素晴らしい人間でした。どうか、彼の敵《かたき》をとってやってください」

はい、と神妙に頷き、遊馬は上松家をあとにした。

次の聞き込み先に向かおうとしたところで、スマートフォンにショートメッセージが届いた。虎姫からだった。

〈合流希望。下記のお宅の前で待ってます〉という書き出しに続き、住所が記載されていた。いま遊馬がいるところから少し北に行った辺りだ。遊馬は〈了解〉と返信し、指定された家へと小走りに向かった。

虎姫は民家の前で待っていた。彼女は電信柱に背中をこすりつけつつ、体を左右に揺すっている。どうやら例のアレルギーが出てしまったようだ。

遊馬を見つけ、「ああ、すみません」と虎姫が頭を下げる。

「どうしました？」

「こちらの住人から話を聞いていたんですが、非常に興味深い情報が得られまして。念入りに情報を引き出す必要があると感じたので、交代してもらおうかと」

「分かりました。ちなみに、どういった情報ですか？」

「き、聞けばすぐ分かります。すみませんけど、ちょっとコンビニに行ってきます！」

虎姫は叫ぶように言うと、遊馬をその場に残して走り去った。コンビニのトイレで思いっきり背中を掻くつもりなのだろう。

気を取り直し、遊馬は民家の玄関に向かった。ドアの前には、五十代くらいの小太りの男性がいる。近づくと、枯れ草を揉み潰《つぶ》した時のような匂いがした。かなり強めの加齢臭だ。これでは虎姫はひとたまりもないだろう。むしろよく我慢して話を聞いたものだと感心するくらいだ。

「紅森署の桃田です。虎姫と交替でお話を伺いに参りました」

「ああ、そうですか。なんで交替したんですか？」

「別件で呼び出しがあったようです。すみません」と遊馬は適当にごまかした。「交番で起きた殺人事件について、何かご存じだそうですが？」

「今朝、これを見ましてね。新聞に挟まってました」

そう言って男性がポケットから四つ折りになった紙を取り出す。開いてみると、黒崎の顔が目に飛び込んできた。ネットで見掛けたのと同じ、情報提供を呼び掛けるチラシだ。黒崎に殺された被害者の遺族が作成したものだろう。

「青川市で起きた殺人事件の容疑者ですね」

「そうらしいですね。実はこの顔を見て、ふと思い出したんですよ。福江さんが殺された夜に、似た男が歩いてたのを」

「あの夜に？　この近くをですか？」

「ウチの前の道ですよ。午前一時半くらいですかね。夜中に喉が渇いて起きたついでに、トイレに行ったんです。そうしたら、通り過ぎる男が窓から見えまして。街灯の下をよぎった横顔が、その黒崎って男に似てたんです」

遊馬は心拍数が上がるのを感じた。

「確認させてください」

男性の許可を得て家に上げてもらい、トイレに入る。一帖もない狭い空間に、立って用を足すタイプの便器が設置されている。その前に立つと、網戸を通して外が見える。家の前の道までの距離は五メートルほどか。網戸越しではあるが、全身が視認できる距離だ。男性の話だと、換気のために夜間でも窓を開けているという。

遊馬はトイレを出て、「男はどちらに向かっていましたか」と男性に尋ねた。

「事件のあった交番の方角です。ちょっと不自然な歩き方ではありましたね。足を引きずってるような感じでした。怪我をしてるのかもしれないです」

紅森市に逃げ込んだ殺人犯と、市内で起きた警官殺し……その両者が思いがけず結びつこうとしている。

まさか、というのが遊馬の率直な感想だった。少なくとも、現在までに分かっている情報からは、黒崎と福江を繋ぐ線は浮上していない。潜伏先で発見され、逃げるために黒崎が福江を殺したのならまだ分かる。しかし、黒崎らしき男は自ら交番へと向かっていたという。不可解としか言いようのない状況だった。

いずれにせよ、現段階ではまだ何も分からない。先入観を捨て、目撃された男についての情報収集を進めるだけだ。

遊馬は男性に礼を言い、彼の自宅をあとにした。

ここで得られた情報は早急に捜査員で共有すべきだろう。高月課長に連絡を取り、指示を仰ぐことにする。

スマートフォンを手に取ったところで、遊馬は着信があったことに気づいた。虎姫からかと思いきや、履歴には静也の名前が出ている。タイミングから考えて、現場の血痕の分析が終わったことを伝えるための連絡だろう。

遊馬はすぐさま彼に折り返し電話を掛けた。

すぐに電話が繋がり、「ああ、おはよう」と静也の優しい声が聞こえてきた。「思ったより早く着信に気づいたんだね」

「おはよう。もう聞き込みを始めてるからな。例の分析、結果が出たのか？」

「ついさっきデータがまとまったところだよ」

なんでもないことのように静也が言う。だが、まだ今は午前八時過ぎだ。静也は早朝から実験をしていたに違いない。

「ありがとう。助かるぜ」

「正式な報告書を出す前に、概要だけでも耳に入れておこうかと思ってね。今から来られるかい？」

「いや、悪いけど今日は難しいかもしれない。いま聞くよ。データは署の俺のメアドに送ってくれるか」

「了解。じゃあ、簡単に。事務机の脚に付着していた血液は男性のものだったよ。血液型はB型で、D抗原はなかった。いわゆるRhマイナスだね」

「亡くなった福江巡査はO型だから別人だな。しかも、Rhマイナスはかなりレアなやつだよな」

「日本人だと出現頻度は二百人に一人とされてるね。B型が全体の二割だから、だいたい千人に一人の割合の血液型だよ」

「それは情報としては大きいな。絞り込みの手助けになりそうだ。他に分かったことはあるか？」

「年齢の推定をやってみたよ。精度は保証できないけど、三十五歳プラスマイナス三歳という結果だったね」
三十五、という数値を耳にした瞬間、心臓が小さく跳ねた。
……また、一致してるな……。

遊馬が黙り込むと、「どうしたんだい？」と静也が怪訝そうに尋ねてきた。

「いや、指名手配犯の黒崎の年齢が三十五だったな、って思ってさ。そいつに似た男が現場の近くで目撃されてることもあって、なんていうか、情報が収束してるような気味の悪さを感じたんだ」

「遊馬は単なる偶然の一致だと考えてるみたいだね」

「今の段階ではな」と遊馬は言った。「動機の面で、黒崎犯行説は無理がある気がするんだよな」

「……そうでもないと思うけど」と静也が呟く。

「え？　そうか？　例えばどんな可能性があるんだよ」

「すぐ思いつくのは、殺人の快感に目覚めたってパターンかな。安直だけど」

「B級映画の犯人像って感じだな」と遊馬は苦笑した。「本気でそう思ってるわけじゃないだろ？」

「あくまで可能性を挙げただけだよ。不謹慎だったね、ごめん」

「いや、まあ気にするなよ」と遊馬は静也をフォローした。「とにかく、分析ありがとうな。捜査班の中でしっかり共有するよ」

「ああ、頑張って」

通話を終わらせ、遊馬はふっと息をついた。静也はこちらをリラックスさせようとして、あえてあり得なそうな可能性を口にしたのかもしれない。だとしたら、もう少しそれに乗っかるようなリアクションをすべきだった。

もうちょっと気持ちに余裕を持たなきゃな、と反省しつつ、高月に連絡を取る。

「おう、桃田か。どうした」

「虎姫さんから連絡があったかもしれませんが、一つ気になる情報が得られました」

さっそく、黒崎に似た男が目撃されたことを伝える。

「ほう、ようやく有用そうな情報が出てきたな。今、その付近の監視カメラの解析を進めている。その男の素性を明らかにできるかもしれないな」

「捜査の進展の鍵になることを祈ってます。では、自分は聞き込みに戻ります」

通話を終わらせようとしたところで、ふと思いついたことがあった。

「あ、つかぬことをお伺いしますが、黒崎の血液型は分かりますか？」

「ん？　ちょっと待て、確かどこかに……」

ぺらぺらと紙をめくる音がする。高月はパソコンのモニターではなく紙の印刷物を好むアナログ派だ。手元の資料を確認しているのだろう。

しばらく待っていると、「ああ、あったあった」と高月が戻ってきた。「青川署の担当者から送られてきた資料だと、B型になってるな」

「B……ですか」

男性で、B型で、三十五歳前後で……。現場の血痕から得られたデータと、黒崎の情報の一致度がさらに高まっていた。

遊馬はごくりと唾を飲み込み、スマートフォンを持つ手に力を入れた。

「ちなみに、ただのB型ですか？　Rhマイナスだったりしませんか」

遊馬の質問に、高月はあっさりと「いや、そうだが」と言い放った。

「黒崎の血液型は、BのRhマイナスだぞ」

5

黒崎隆壱は、リビングのソファーに座ってテレビを見ていた。

ニュースキャスターが神妙な顔で読み上げているのは、紅森市で起きた警官殺しの続報だった。ただ、その内容は犯人ではなく、被害者に関する情報がほとんどだった。

親切で、人当たりがよく、誰からも好かれていた、地域の大切なお巡りさん……それが、福江に対する地元住民の評価だった。

画面に、福江の顔写真が出ている。Tシャツにジーンズという普段着だ。休みに旅行先で撮影したものらしく、福江は海をバックに笑顔でピースサインを作っていた。警察官の制服を着ていた時と違い、その姿は歳《とし》相応の若者らしさに溢れていた。

目を閉じると、福江の最期の姿が自然と蘇《よみがえ》る。

包丁で刺され、彼はほとんど苦しむことなく息絶えた。死に至るその表情に張り付いていたのは、「なぜ?」という疑問だった。どうして自分がここで死ななければならないのか。福江はおそらく、絶命する直前までその問いについて考えていたのではないだろうか。

吐息を落とし、窓の外に目を向ける。マンションの四階から見える朝の空は澄み切っていて、雲一つ見当たらなかった。そういえば、今日は十一月二十三日……勤労感謝の日だ。紅森市は紅葉で有名な街だ。市民はもちろん、外からも多くの人々が森へと足を運ぶことだろう。

と、その時、玄関のドアに鍵が差し込まれる音がした。追われている身だというのに、心拍数が跳ね上がることはない。その危険な安心感がとても心地よかった。

やがてドアが開き、上松千穂が小走りにリビングに入ってきた。今日も化粧は控えめだ。そういうところは非常に黒崎好みの女と言える。

「おはよう。ねえ、大丈夫だった?」

彼女が眉根を寄せてソファーに座り、黒崎の膝に手を置いた。

「まだ痛むな」と黒崎は自分の左足首に目を落とした。フェンスから飛び降りる際に足を痛めてから、そろそろ二週間になる。テーピングでガチガチに固めているが、歩くとかなりの痛みが走る。怪我を負った当日に無理をしすぎた代償だろう。

今からでも病院に行き、ギプスでしっかり固定すれば多少は治りが早くなるはずだ。しかし、それは無理だ。病院にも自分の手配書は回っているだろう。顔を出した途端に取り押さえられるに決まっている。

「違うよ、そうじゃなくて」

千穂が黒崎の肩に頭を載せた。至近距離から、彼女が気の強そうな瞳で見上げてくる。黒崎は顔を逸らし、「何も変わりないさ。ずっとここにいた。外には一歩も出ていない」と答えた。

「本当は毎日ここに泊まりたいんだけど、時々は家に帰らないと父が不審がるから……」

「心配するなよ。もう、俺はどこにも行かないよ」

そう囁き掛け、黒崎は千穂の頭を撫でた。

「……ちょっと、なにあれ」

　黒崎に体を預けていた千穂が立ち上がる。テレビを見つめる彼女の視線は険しい。画面には、笑顔で子供と会話する、制服姿の福江が映し出されていた。近所の小学校で開かれた交通安全教室に参加した際の動画らしい。

　千穂はテーブルの上のリモコンを摑み、慌てて電源をオフにした。

「悪い、消しておけばよかったな」

「こんなの、見てもどうしようもないでしょ」苛立《いらだ》ったように千穂が言う。「最新の捜査状況を報道するわけないいんだから。何の役にも立たないよ」

「そうだな……次からは気を付ける」と黒崎は頭を下げた。

　福江と千穂の実家は一〇〇メートルと離れていないらしい。子供の頃から知っている相手なのだ。生前の姿を見るのは辛いだろう。

「朝ごはん、まだでしょ？　スープを作るね」

　千穂がキッチンに向かおうとする。「いや、いい」と黒崎はそれを止めた。「あまり食欲がないんだ」

「ダメだよ、無理してでも食べないと。足の怪我が治らないよ」

　千穂はエプロンをつけると、黒崎に背を向けて野菜を切り始めた。

　その後ろ姿を見つめ、黒崎は頰《ほお》に手を当てた。内側の粘膜が熱を持っているのが分かる。福江が死んだ日に交番で負った、口の中の傷はまだ治っていない。治るどころか口内炎になりかけているようだ。足の怪我といい、全体的に治癒力が落ちている。体力が戻らない原因は、警察に追われているストレスのせいだろうか。それとも、知らない女に身を委《ゆだ》ねているという奇妙な状況への違和感のせいだろうか。

おそらくはその両方だろう、と黒崎は思った。

当てもなくスクーターを走らせ、紅森市にたどり着いたあの夜。足の痛みに耐えかねて路上に倒れ込んだ黒崎の前に現れたのが、上松千穂だった。彼女は黒崎の顔を見てひどく驚き、何も言わずに肩を貸してくれた。そして彼女に連れて来られたのが、いま黒崎がいるこの部屋だった。

「すごい偶然だった」黒崎の手当てをしながら、千穂は興奮した様子で言った。「夜の遅い時間に仕事場の方に来ることはないんだけど、急ぎの仕事があって、それで缶詰になってたの。気分転換に散歩に出たら、まさか行き倒れてる人に会うなんて」

いろいろ聞きたいことはあった。だが、その夜はあまりの疲労から、黒崎は意識を失うように眠りについた。

翌日も、その次の日も千穂は黒崎を匿《かくま》う理由を話そうとしなかった。ただ黙々と、しかし嬉しそうに黒崎の身の回りの世話をしてくれた。

変化があったのは四日目だった。いつものように朝に仕事場に現れた千穂は、出し抜けに「あなたは人殺しなの？」と尋ねてきたのだ。

どこかで自分の手配書を見たのだろう。隠しても無駄だと思い、黒崎は「ああ、そうだ」と正直に告白した。「殺人容疑で警察に追われてる」

黒崎は事情を洗いざらい彼女に打ち明けた。

同棲していた女が死んだのは、あくまで事故だった。黒崎が関係を清算したいと申し出たら、女が逆上して襲い掛かってきた。相手は正気を失っていて、しかもカッターナイフを持っていた。殺されるかもしれないと思った。だから、黒崎も必死で抵抗した。そして階段付近で揉み合いになり、結果的に彼女を突き落とすことになってしまったのだ。殺すつもりはまるでなかった。

とはいえ、人を死なせて逃げてきたのは間違いのない事実だ。通報されるのだと黒崎は覚悟した。だが、千穂は怯える様子も見せずに、黒崎の隣にそっと腰を下ろした。

「私も、以前は青川市に住んでいたの。ウェブデザインの会社に勤めてて、上司と不倫してた」

千穂は遠い目でそう語り、スマートフォンを黒崎に差し出した。画面には、自分とよく似た顔をした男が写っていた。

「その人のこと、愛してた。彼には奥さんも子供もいたから、結婚は無理だと分かってたけど、それでも幸せだったの。……でも、彼は死んじゃった。飛び降り自殺で、遺書はなかった」千穂は涙声で言って、黒崎の腿《もも》に頭を載せた。「あなたを見た時、彼が生きてたのかと思ったの」

「……そうか」とだけ黒崎は言った。千穂が自分のことをどう思っていても構わない。どうせ行く当てなどないのだ。最終的に見限られ、通報されることになっても仕方ない——その時は、黒崎はそう考えていた。

しかし、今は……。

黒崎はソファーから立ち上がり、鍋《なべ》を掻き混ぜている千穂に近づいた。

「ん？　どうしたの？」

千穂が振り返る前に、後ろから彼女を抱き締める。

「ちょ、なになに？」

慌てた様子で千穂が振り向こうとする。黒崎は彼女の髪に顔を寄せ、「すまないな」と囁いた。

「……どうして謝るの。全部、私のわがままなんだから」

千穂は体を離して火を止めると、振り返って抱きついてきた。

「私たち、もう共犯者なんだよ。一蓮托生《いちれんたくしょう》だよ。だから、ずっとここにいればいいよ」

千穂はそう呟くと、黒崎の胸に顔を埋《うず》めた。

愛《いと》おしさが込み上げてくる。それをため息でそっと心に仕舞い込み、黒崎は彼女の髪を優しく撫でた。

6

十一月二十四日、午後十一時。遊馬はステーションワゴンのハンドルを握っていた。森の中を抜けていく道は真っ暗で、ヘッドライトの光だけが頼りだ。地下鉄の車窓のような代わり映えしない景色の中を走っていると、ふっと眠りの世界に引きずり込まれそうになる。昨日と今日は、福江が殺された事件の聞き込みで数えきれないほどの住人を訪ねて回った。心身ともに疲労はピークを迎えている。本来なら、署から寄り道せずに自宅に戻り、シャワーを浴びてさっさと眠るべきだ。それが分かっているのに、こうして静也に会おうとしている。

その理由の一つは、現場で見つかった血痕の分析結果を聞くためだ。データはすでに受け取っているが、やはり彼の口から直接聞きたい。それが依頼した側《がわ》としての誠意ではないかと思う。

もう一つの理由は、純粋な期待感だ。事件は新たな局面を迎えたものの、犯人逮捕に繋がる道筋は見えてきていない。冷静な判断力と、卓越した洞察力を持つ静也なら、今までに集めた手掛かりから新たな可能性を示してくれるのではないか。明確な根拠のない思いつきに導かれ、遊馬は深夜の一本道を疾走していた。

やがて森を抜け、外灯の朧《おぼろ》な光に浮かぶ天羽邸が見えてきた。

門の手前で車を降り、左右を見回す。他に車やバイク、自転車は見当たらない。黒崎を追っている連中も、さすがにこの時間は鳴りを潜めているようだ。

門は今夜も開け放たれている。乗り越えようと思えば乗り越えられるとはいえ、防犯のためには閉めておいた方がいいと思うのだが、静也はその辺のことをあまり気にしていないようだ。

その門を抜け、静まり返った敷地を小走りに進む。玄関先に人影が見えた。静也だ。彼はいつもの黒衣に身を包んでいた。

「実験中だったのか？　悪いな、遅い時間に」

「気にすることはないさ。『会えないか？』と訊かれて『大丈夫だ』と答えたんだから。時間を作るのが難しければ、いくら君の頼みでも断っていたよ」静也はそう言うと、階段を降りて遊馬のところにやってきた。「今夜は割と暖かい。ベンチで話そう」

「ああ、そうするか」

静也と並んで、噴水前のベンチに腰を下ろす。彼は黒衣のポケットから缶のトマトジュースを取り出した。

「二本あるけど、いるかい？」

「いや、遠慮しておくよ。さっき夕飯を食べたところなんだ」と遊馬は首を振った。

「それはもう夜食と呼ぶべきかもしれないね」と肩をすくめ、静也はトマトジュースを一口飲んだ。「仕事が忙しいみたいだね」

「まあな。事件に黒崎が関わってる疑いが強まってるからな。行方を突き止めようと、範囲を広げて聞き込みをしてるよ」

「監視カメラの映像に、彼が映っていたんだってね」

「ああ」と遊馬は頷いた。

黒崎の姿を捉《とら》えていたのは、福江が勤務していた交番の近くにあるコインパーキングの監視カメラだった。撮影された時刻は午前一時四十五分。福江の死亡推定時刻の十五分前だ。

映像は白黒だが比較的鮮明で、街灯の下を通り過ぎていく黒崎がはっきりと映っていた。怪我をしているのか、左足を引きずってはいたが、動きそのものは落ち着いていた。少なくとも、慌てて逃げているという雰囲気ではなかった。これらの映像は、黒崎らしき人物を見たという男性の証言とも一致している。

黒崎は一人で交番の方に向かっていたが、帰りの姿は映っていなかった。また、付近の監視カメラの録画データも解析したが、他に黒崎が映っていたものはなかった。

カメラのないルートを選んで逃走したようだ。

「彼が福江巡査を刺し殺し、交番から逃げた――それが警察の考えている事件の真相なのかい？」

「そう考えるしかない。例の血液、間違いなく黒崎のものだったんだろ？」と遊馬は改めて尋ねた。青川市の現場から採取した黒崎のDNA情報はすでに静也に渡してある。

「ああ。まず確実と言っていいと思う」と静也が頷く。「99のあとに小数点を挟んで9が六個続くくらいのパーセンテージだね」

「要するに一〇〇だな」遊馬はベンチの背にもたれ、大きく息をついた。「……なんで、黒崎は交番を襲ったりしたんだろうな」

「動機がよく分からないみたいだね」

「福江巡査の交友関係を探ってるんだが、まるで黒崎との繫がりが出てこないんだ。青川署の方にも問い合わせてるが、状況は同じだ。二人が顔見知りだったとは思えない」

静也はトマトジュースを口に運び、「怨恨《えんこん》説を採用するのは無理があるかもしれないね」と冷静に言った。

「どうしてそう思う？」

「もし福江巡査を狙《ねら》うなら、勤務外の時間帯にするんじゃないかな。相手は拳銃を持ってるんだよ。いくら不意を突くにしても、わざわざ強力な武器を持っているタイミングを選ぶ理由がない。不合理だよ」

「……それは確かにそうだな。じゃあ、警官なら誰でもよかったってことか？」

「自分を追い掛け回してるのが気に入らないから？　それにしても、鬱屈を晴らすための犯行としては、やっぱりタイミングがおかしい気がするね。黒崎は足を怪我していたんだろう？」

「怪我はしてるだろうな。足を引きずる演技をする意味はないしな……」

静也の指摘が正しいという感覚はあった。しかし、だからといって真相に近づいている気もしない。道に迷い、見えているゴールの周りをうろついている気分だった。

「凶器の方からの絞り込みはどうなんだい？」

「そっちもうまくいってないな。紅森市内のホームセンターや金物店を回ってるが、現場にあった包丁を購入した人物は浮上してきていない。というか、そもそも包丁は新品じゃなかったんだ。刃に小さな傷があった。たぶん、日常的に使われていたものじゃないかと思う」

「ふうん……」

トマトジュースの缶の口に唇をつけ、静也が目を細める。その表情に、遊馬は胸騒ぎを覚えた。どこか達観したような遠くを見る目と、口元の微かな笑み……。

静也は真実に手を触れたのだ――遊馬はそう直感した。

「なあ、静也。何かに気づいたのか？」

「気づいたというより、疑念が確信に変わったって感じかな。遊馬に送った報告書にも書いたけど、現場で見つかった血液には人間の唾液成分や、口腔粘膜細胞が含まれていたんだ。口の中を切った時の血じゃないかと思う」

「福江巡査と争った際の怪我……ではないよな」と遊馬は呟いた。福江の体にも衣服にもそういった痕跡はなかった。彼は不意打ちで殺されたのだ。黒崎が口の中を切るような場面があったとは思えない。

「でも、ただ口から出血しただけというのも不自然だよね。何かのはずみで血が出たとしても、普通はそれを飲み込むはずだ。わざわざ現場に証拠を残すメリットがあるはずがない。つまり、黒崎は自分の血が机の脚に付いたことに気づかなかったんだ」

遊馬は腕を組んで首をひねった。

「……そんなこと、ありうるか？」

「そうだね。例えば、こんなのは？」静也が手を伸ばし、遊馬の頬を軽く叩いた。

「この三十倍くらいの力で平手打ちをしたらどうなるかな？」

遊馬は自分の頬に手を当てながら、その光景を想像した。

激しくビンタされ、自分の歯で口の粘膜を切ってしまう。殴られた勢いで唾が飛び、机の脚にそれが付着する……。

確かに、現場にあったような痕跡が残るかもしれない。しかし、黒崎が自分で自分の顔をぶつ理由があるとは思えない。だとすれば……。

「……現場には他にも誰かがいたのか？」

「そうじゃないかと思う。遊馬に送ってもらった、現場の写真もそれを裏付けてるよ。机の下に、血の飛沫が付着していたよね」

「ああ。直線状にな。あれは福江巡査の血なんだよな」

「そう。そして、その直線状の血痕は、遺体とは離れた位置にあった。刺された時の血じゃない」

「だとしたら……そうか、ビンタした時に飛んだ血か！」

「それが妥当な推理だと思う。その場にいたもう一人の手には、福江巡査の血が付いていた。その手で黒崎の頬を叩いた結果、微量な直線状の血痕が生み出された——それが僕の説だよ」

「なるほどな……。第三者の存在は考えてなかったな」

言われてみれば、静也の説は納得のできるものだった。協力者がいるなら、衣食住のすべてを確保することができる。誰にも目撃されずに黒崎が潜伏していられるのも当然だろう。

　静也はトマトジュースを飲み干し、空き缶をベンチに置いた。

「おそらく、その第三者と福江巡査の間には何らかの繋がりがあるんだと思う。心を許せる相手だったから、油断してしまったんじゃないかな」

「そう仮定すれば、候補者はかなり絞り込めるな。たぶん、監視カメラの映像も参考になるはずだ。交番から帰る黒崎の姿は映っていなかった。つまり、帰路には監視カメラは設置されていないってことだからな」

「あと、ルミノール反応を試すのも手だね」と静也がアイディアを出した。「黒崎や第三者が触れたところに血痕が残ってるかもしれない。玄関のドアノブとか、マンションのエレベーターのボタンとかにね」

「それも使えそうだな。……よし！」

　遊馬は勢いを付けて立ち上がった。体は疲れているが、気力はみなぎっている。ここまで方針が明確になれば、あとは人海戦術をフル活用するだけだ。

「署に戻るのかい？」

「ああ。高月課長からは帰って休むように言われたけど、それどころじゃなくなったからな。しっかり情報を共有して、明日からの捜査に活《い》かすんだ」

「気持ちは分かるけど、無理は禁物だよ」

静也が細い眉をひそめ、こちらを見上げながら言う。

「大丈夫だ。今回の案件が解決したら、きっちり休暇を取る」と遊馬は笑ってみせた。

「寝溜めは逆効果って説もあるけどね。体調維持には、日々定期的に休養することが望ましいみたいだよ」

「細かいことはいいだろ。とにかくありがとな。静也のおかげでやっと目的地に続く道が見えてきた気がするぜ」

「そうかい。これで僕はお役御免かな」

「どうかな。また、前みたいに説明に来てもらうかもしれないぜ」

「それはできれば遠慮したいけど」

「まあそう言わずに。ここまで関わったんだ。最後まで頼む」

遊馬がそう言うと、静也はため息をついてベンチから立ち上がった。

「仕方ないね。これもまた、腐れ縁の産物だと割り切ることにするよ」

「おう、なんとでも言ってくれ」

遊馬は静也の腕をぽんと叩き、「じゃあな」と手を振って駆け出した。

7

ベランダの手すりでスズメが鳴いている。その声を聞きながら、黒崎はじっと息を潜めていた。

あと三日で十二月だが、東からの朝日が差し込んでいるのでベランダにいても寒くはない。むしろ日光が当たっている部分は熱いくらいだった。

ベランダの外側にはコンクリート製の手すり壁があり、中央部の一メートルほどが縦格子の鉄柵《てっさく》になっている。黒崎はベランダに膝を突き、その格子の隙間《すきま》から地上の様子を窺っていた。

日に数回の監視を始めて今日で五日目。日を追うごとに、路地を歩くスーツ姿の連中の数が増えている。彼らの多くはおそらく刑事だろう。

警察はこのエリアを重点的に調べているのかもしれない、と黒崎は疑っていた。実際、このマンションにも何度か警察が来ている。千穂が二度、部屋のインターホン越しに対応しているのも聞いた。

少しずつ包囲網が狭まってきている——そんな実感があった。

……そろそろ潮時かもしれないな。

胸の中でそう呟いた時、ドアが開く音がした。ベランダから外を見ていることは千穂には隠している。黒崎は痛む足を気遣いながら、素早くリビングに戻った。

ソファーに座り、膝の埃《ほこり》を払い終えたところで千穂が姿を見せた。その表情は険しい。明らかな焦りが感じられた。

「どうした？」

「……マンションのすぐ近くに、怪しい車が停まってた。中にいたスーツの男が、マンションの方をじっと見てたの」

そんなの気のせいだ――そう言って不安を打ち消してやるべき場面かもしれない。一瞬そう思ったが、「刑事だな、たぶん。何かに気づかれたのかもしれない」と黒崎は呟いた。

「何かって何よ」

「分からない。だけど、警察が手掛かりを摑んでいたとしてもおかしくはない」

黒崎は考えていることをそのまま口に出した。事件の夜、自分は特に周りを警戒することなく、無防備に交番への道を歩いていた。その際に近隣住人に目撃された可能性はある。

「そんな……」

千穂は隣に座ると、黒崎の手を握った。

「……俺に懸けられた賞金のことは知ってる」と黒崎は言った。「いま通報すれば、金が手に入る」

「だから何なの？　馬鹿にしないでよ！」千穂は黒崎の手を握る指先に力を込めた。「たとえ懸賞金が一億円でも、私は今の生活を続けるわ。お金なんていらない。あなたはここにいなきゃダメなの！」

「……そうか。すまない。もうこの話はしないよ」

黒崎は吐息を落とした。やはり説得は難しいようだ。

自分にできることはなんだろう。黒崎はずっとそのことを考えていた。千穂の望みを叶《かな》えてやりたいという気持ちはある。ずっとそばにいて、愛し愛される関係でありたいと思う。しかし、それはいつかは終わりを迎える、危うい楽園だ。警察の捜査力は驚異的だ。しかも、被害者が警官であればなおさらだろう。警察のメンツを懸け、血眼になって自分を探しているはずだ。

いつか、この生活には終止符が打たれる。悲しいが、それは確実な事実だ。自分がやるべきことは、終わらせ方を決めることだろう。千穂を幸せにすることは難しい。だが、せめて彼女が罪に問われないようにしなければならない。

黒崎は千穂の髪を撫でながら、ベランダに目を向けた。手すりの上に、もうスズメは止まっていなかった。

やはり、一刻も早くここを出て行くべきだ。それが最善なのは間違いない。だが、その一歩を踏み出す勇気が湧《わ》いてこない。不用意に実行に踏み切れば、また不幸が起きるかもしれない。死人が増えるかもしれない。そう思うと、どうしてもためらいを覚えてしまうのだった。

「千穂……」

ぽつりと黒崎が呟いた時、無機質なチャイムの音がリビングに鳴り響いた。

千穂が顔を上げ、玄関のドアを見つめる。少しの間を置いて、「すみません、紅森署の者ですが」と男の声が聞こえた。

「……警察だ」

「無視してればいいよ」

千穂の言葉を聞いているかのようなタイミングで、「出てきていただけませんか」と男が言う。「先ほどお部屋に入っていくところをお見掛けしたんです」

「……顔を見せた方がいい」

黒崎はそう言って、ソファーの陰に隠れた。

「……分かった」と固い表情で頷き、千穂が玄関へと向かう。彼女の足音が遠ざかったところで黒崎はソファーを離れ、リビングのドアに近づいた。

「朝からすみません。刑事課の桃田です。先日、お宅の方でお会いしましたね」

桃田と名乗った男が言う。刑事にしては優しい声だった。

「何の用件ですか？　事件についてお話しできることは何もありませんけど」と応じる千穂の声はとげとげしい。余裕のなさが口調に表れてしまっていた。

「管理会社に許可をいただいて、マンションの正面玄関のドアやエレベーターのボタンを調べたんです。そうしたら、血痕が検出されまして。それで、各戸のドアを同様に確認したところ、こちらの部屋のドアから同様の反応が出たんです」

冷静に桃田が説明する。黒崎は「ああ……」と囁き声を漏らした。念入りに拭ったつもりだったが、やはり手にはまだ血が付いていたらしい。

「それは、ちょっと指を切ってしまって……」

千穂がそう弁明すると、「しかし、その血痕からは交番で殺された福江巡査のＤＮＡが検出されているんです」と桃田がすかさず切り返した。

「……何かの間違いでしょう」

「いいえ、間違いはありません。信頼のおける専門家が出したデータです」

桃田は力強く断言し、続けて言った。

「福江蒼平さんの殺害犯がここに立ち寄った可能性があります。指紋や毛髪などを採取したいので、中を調べさせていただきます。捜索令状は出ていますので、申し訳ありませんが拒否はできません」

「そ、そんなの急すぎます！　せめて片付けを……」

千穂が抵抗しようとしたが、「どいていただけますか。公務執行妨害になりますよ」と桃田が厳しい声音でそれを制した。

千穂の声が止《や》み、ざわざわとした気配が伝わってくる。マンションの廊下にいた鑑識係の捜査員が中に入ってこようとしているのだ。

黒崎はベランダに目を向けた。

緊急時の避難用に設置されているはしごがあることは確認済みだ。それを使えば逃げられるかもしれない――。

急場を凌《しの》ぐための策が脳裏を掠《かす》める。だが、黒崎は即座にその選択肢を捨てた。警察はきっちりと準備を固めてここに来ているはずだ。マンションの裏手にも人員を配置しているに決まっている。

余計なことを考える必要はない、と黒崎は自分に言い聞かせた。今、この瞬間が最後のチャンスなのだ。

ゆっくりと腰を上げ、リビングのドアを開ける。

五メートルほどの短い廊下の先にいた千穂が、弾《はじ》かれたように振り返る。開け放たれたドアの向こうには、数人の男たちの顔が見えた。一番手前にいるのが桃田だろう。すらりと背が高くて肩幅も広いが、爽やかな顔つきをしていた。

「……やっぱりここにいたのか、黒崎」

桃田がさりげなく身構える。抵抗するそぶりを見せれば、おそらく彼は躊躇なく拳銃を取り出すだろう。すぐそばには千穂がいる。何かの間違いで彼女が撃たれるような事態だけは避けねばならない。

黒崎は廊下の途中で足を止め、両手をゆっくりと上げた。

「抵抗するつもりはありません。出頭します」

「なんで出てきたの⁉」

千穂が大声を上げて駆け寄ってくる。黒崎は首を左右に振った。

「他に選択肢はない。逃げても君に迷惑が掛かるだけだ」

「そんな……」

黒崎は桃田の顔を正面から見つめた。

「刑事さん。俺は彼女を脅迫していました。隠れ場所を提供しなければ父親を殺すと脅して、この部屋に居座っていたんです。なので、罪には問わないでやってくれませんか」

「なんでそんなこと言うの！」

「お前は黙ってろ！　ぶっ殺すぞ！」と黒崎は千穂を一喝した。

何が最善なのかは、もう分かっていた。自分が罪をかぶり、千穂が元の日常に戻る。

一時的に千穂は落ち込むだろう。だが、長い目で見ればそれがベストなはずだ。

黒崎はすがりついてくる千穂を押しのけ、玄関の方に一歩を踏み出した。

「交番にいた警官を殺したのも俺です。逮捕してください」

黒崎が手を差し出すと、桃田は黙って手錠を掛けた。

これでいいんだ。これで……。

黒崎は嘆息して振り返った。潤んだ目で千穂がこちらを見ていた。

「じゃあな。迷惑掛けて悪かったな」

スニーカーを履こうとしたところで、「待ってください」と桃田に止められた。「あなたの靴はこれだけですか？」

「……そうですが」

「では、交番にいた時にはこの靴を履いていたということですね。血痕が付着している可能性がありますので、証拠品として押収します。こちらで履物を準備しますので、それを使ってください」

桃田はそう指示を出すと、千穂の方に視線を向けた。

「上松さん。あなたからも伺いたいことがあります。署にご同行願えますか」

「彼女は関係ないって言ってるじゃないか！」

黒崎が抵抗すると、桃田は首を振った。

「あなたがどう証言しても、彼女から話を聞く必要はあります。犯人蔵匿罪と、それから福江巡査の殺害についてです」

「警官を殺したのは俺だ。彼女は関係ない！」

「――それは違います」

ふいに、廊下から澄んだ声が聞こえた。

廊下にいた作業服の警官が素早く左右に分かれる。その間から現れたのは、黒衣に身を包んだ男だった。その現実離れした容姿に、黒崎は微かな眩暈《めまい》を覚えた。ほくろ一つない白い肌に、こちらに向けられた冷徹な眼差し……その佇まいは、物語の世界に登場するヴァンパイアに酷似していた。

「本件の血液鑑定を担当した天羽です。黒崎さん。現場となった交番からは、あなたの血液が検出されています。唾液成分が含まれていたことから、口の中を切った際に飛んだ血液だと考えられます」

天羽は落ち着いた声でそう説明し、「あの夜、何があったのか、私の推理をお話ししましょう」と言った。

「事件の夜、交番へと向かうあなたの姿が監視カメラに映っていました。夜更けに、どういう目的で交番に足を運ぼうとしたのか。警官に対する恨みを晴らすためでしょうか？　私はそうは思いません。そんなことをするメリットがあなたにはないからです。逃亡中の容疑者が警察に行く理由として最も自然なものは、出頭でしょう。だから住人の目や、監視カメラの存在を気にする必要はなかった」

天羽の指摘に、黒崎は息を呑《の》んだ。この美しい男は真相を見抜いているのだ――その気づきが寒気となって背筋を這《は》い上がっていった。

「交番に現れたあなたに対し、福江巡査は逮捕の手続きをしようとしたはずです。しかし、彼がどこかに連絡を取った形跡は残っていません。おそらく、あなたのすぐあとにもう一人、別の人間が現れたんです。状況から考えて、そちらにいる上松千穂さんでしょう」

名指しされても千穂は黙っている。黒崎には、振り返って彼女の表情を確認するだけの勇気はなかった。

「事件当夜、上松さんが自宅にいなかったことを、彼女の父親が証言しています。おそらく、あなたと共にこの仕事場に泊まっていたんでしょう。夜中に目を覚ました彼女は、あなたの姿が消えていることに気づきます。その後の行動の迅速さから考えると、きっと、あなたは書き置きを残していたのでしょう。あなたが交番に出頭しようとしていると知った上松さんは、慌てて家を飛び出します。最悪、脅してでもここに連れて帰ろうと、包丁を持ってきていた。結果的に、それが悲劇を招くことになります」

天羽は千穂の方をちらりと見てから、冷静な声で続ける。

「あなたを追い掛けていき、彼女は問題の交番にたどり着きました。上松さんと福江巡査は小・中学校の同級生で、今でも交友があったそうですね。福江巡査は彼女を見て驚き、そして警戒を解いたはずです。上松さんはその隙を突いて、持っていた包丁で彼を刺し殺しました。一人で勤務している福江巡査の口を封じれば、あなたを取り戻せると思ったんでしょう。そして、上松さんの手には福江巡査の血がべったりと付着した」

黒崎はそこで顔を伏せた。

両手を真っ赤に染めながら、倒れ伏した福江の背中を呆然《ぼうぜん》と見下ろしている千穂の姿――それは、あの夜から何度も夢に見た光景だった。

「黒埼さん。思いがけない事態に、あなたはなんとか対処を試みた。包丁に残った指紋を拭い取り、おそらくはこう言ったんじゃないですか。『俺が罪をかぶる。だから君は逃げろ』と。それを聞き、上松さんは激昂《げっこう》し、血のついた手であなたの頬を平手打ちした。『そんなのは嫌だ。自分のところにずっといてほしい』――そんなことを言ったのではないかと思います」

天羽の推理に、黒崎は恐怖さえ覚えた。夜の闇に紛れて一部始終を見ていたのでは、と疑いたくなるほど、何もかも彼の言った通りだった。

すべての責任は自分にある。黒崎は全身が深い絶望に包まれるのを感じた。千穂が寝ている間に出頭しようという発作的な行動が、彼女を殺人者へと変えてしまった。千穂が仕事場にいない時間帯を選んでいれば、最悪の事態だけは避けられただろう。うなだれていた黒崎の肩に、温かい手が触れた。振り向くと、千穂がぎこちない笑みを浮かべていた。

「うまく、いかなかったね……」

「すまない。何もかも、俺のせいで……」

「いいの。短い間だけど、私は幸せだったから」千穂はそう言うと、黒崎を追い越して桃田の前に立った。「そちらの方の言った通りです。私が福江くんを殺しました」

「分かりました。では、署の方へ」

別の警官が彼女に手錠を掛ける。

千穂が頭を下げ、警官と共に廊下へと出て行く。

その背中に向かって、「刑務所を出たら、お前に会いに行く！」と黒崎は叫んだ。

「だから、待っていてくれ」

ゆっくりと振り返り、千穂が困ったように首を傾げた。

「それは難しいかな。あなたは過失致死で、私は殺人……。たぶん、私の方が刑期が長いと思うから」

「ああ……」

「もし何十年後かにまだ私のことを覚えていたら、迎えに来て。きっとまた、この紅森市に戻ってくると思うから」

「――分かった。必ず迎えに行く」

黒崎が大きく頷くと、千穂は「ありがとう。元気でね」と微笑んだ。

千穂が警官と共に歩き出す。

黒崎は裸足《はだし》のままで廊下に出た。警官たちに見送られるようにしながら、千穂が去っていく。その後ろ姿を目に焼き付けるため、黒崎は彼女が見えなくなるまでその場に立ち尽くした。

8

十一月三十日、土曜日。

遊馬は久しぶりに休みを取り、自分の車を走らせていた。

時刻はそろそろ正午を迎えようとしている。昼でも暗い森を抜け、遊馬は静也の屋敷にやってきた。

門の前で車を停める。黒崎の逮捕から二日。不届きな賞金稼ぎが去り、敷地にはいつもの静けさが戻ってきていた。

　スーパーのレジ袋を持ち、明るい日差しの降り注ぐ石畳を進んでいく。車の音を聞きつけたのか、玄関前には静也の姿があった。

「おはよう……というにはちょっと遅いか」

「そうだね。そう挨拶されると困惑する時間帯だ」静也はそう言って、遊馬の提げているレジ袋を指差した。「それは？」

「鍋をやろうと思ってさ。材料を買ってきた。トマト鍋だからきっと気にいると思う。スープはレトルトのを使う。具材を切って煮込めばオーケーだ」

「ずいぶん唐突だね」と静也が眉根を寄せる。「困るな。そういうことは先に言ってもらいたいんだけど」

「ちょっとしたサプライズだよ。事件解決のお祝いだ」

「多人数ならともかく、二人で祝うのに鍋が最適だとは思えないけどね。そもそも、ウチに鍋があったかな」

「あるだろ、これだけ広いんだから」

「広さと調理器具の豊富さは必ずしも比例しないよ」と冷静に静也が言う。「鍋とカセットコンロ、両方を探すとなるとかなり時間が掛かるね」

「分かった。いったん家に帰って持ってくる」

「いいよ、そんな」と静也が困惑気味に言う。

「いや、準備不足だった俺のミスだ。すぐに戻る」

「……仕方ないなあ。じゃあ、道具を探そう」

静也は肩をすくめると、中庭の方に歩き出した。

「おい、どこに行くんだよ」

「あっちの離れだよ。調理器具を保管しているとしたら向こうだと思う」

静也は天羽荘を指差している。確かに、調理を担当していたコックたちが住んでいた場所になら、カセットコンロや鍋もありそうだ。

遊馬は静也の隣に駆け寄り、「よし、手分けして探そうぜ」と拳を握ってみせた。

「あるかどうかは分からないよ」

「なかったらなかったで買ったらいいんだよ。そうすれば、いつでも気が向いた時に鍋ができるだろ」

「僕一人で鍋をやれって言うのかい？」

「一人でもいいし、大人数でもいい」と遊馬は言った。「刑事課の中に、お前と話したがってる同僚が何人もいるぞ」

「ヴァンパイアかどうか見極めてやろうって魂胆じゃないのかい？」

「違うな。有能なる天羽博士に興味があるのさ」

「どっちにしても、あまり気は進まないかな」と静也が肩をすくめる。

「そんなことばっかり言ってるけど、この間は上松の仕事場に来てくれたじゃないか」

「説明責任があると思ったからね。令状があるとはいえ、できれば相手に納得してもらいたいじゃないか」

「あそこに黒崎がいることは分かっていたのか？」

「可能性はあると思ってたよ。すんなり出てきたのは予想外だったけどね」

そう言って、静也が天羽荘の玄関の鍵を開けた。

入ってすぐのところに、一人分ずつに区切られた、木の下駄箱《げたばこ》がある。かつてはたくさんの靴が収まっていたであろうその箱は、今は完全に空になっていた。

そこで靴を脱ぎ、スリッパに履き替える。まっすぐに白のリノリウムの廊下が延びており、左右に扉が並んでいる。懐かしい景色だった。手前側に食堂や浴場があり、奥が従業員の部屋になっていたはずだ。

「あるとしたらこっちかな」

静也が一番近くにあった右側のドアを開ける。そこはキッチンだった。二十帖くらいの広さはあるだろうか。中央に流しのついた銀色の作業台があり、奥に業務用のコンロが並んでいる。奥にはダクトのついた大きな換気扇も見える。

最盛期には天羽荘専任の調理人が、従業員の家族のためにここで腕を振るっていた。遊びに来た時に何度かおやつを食べさせてもらったが、手作りのアップルパイは絶品で、大人になってからもそれを超える味には出会えていない。

静也は軽く辺りを見回し、調理台の下の引き出しを開けて中を確認し始めた。同じように、適当に近くの戸を開けてみる。中には鉄のフライパンが整然と並べられていた。

「道具、残ってるな」

「またいつ戻ることになってもいいようにって、働いていた人が置いて行ったんだ。もうそれから何年も経つけどね」

「人が戻ってくる可能性はあるのか？」

「オーナーが変われば分からないけど、僕がここにいるうちはないかな」

「屋敷を手放す可能性があるように聞こえるな」

「可能性は常にあるよ。ただ、どうかな、土地と建物をセットで買うとかなりの値段になるし、買い取り手が現れるかどうかは分からないね」

「そうか。売るにしろ売らないにしろ、もう少しセキュリティに気をつけた方がいいんじゃないか。せめて正門は閉めるべきだろ。今のままだと、誰でも簡単に入り放題だぞ」と遊馬はアドバイスした。

「うん、まあ……それはそうなんだけどね」

「なんだよ、歯切れが悪いな。開けたり閉めたりがそんなに面倒なのか？」

遊馬がそう尋ねた時、外から子供の声が聞こえてきた。一人ではない。少なくとも四、五人はいるだろうか。

「……来客か？」

「ある意味ではそうだね。気づかれないように見てごらん」

静也が窓を指す。そちらに近づき、隙間を開けて外を窺うと、木の枝を持って歩き回る少年たちの姿が見えた。

「あれは……？」

「近くに住んでいる小学生たちだよ。土日の昼間に、時々ああやって遊びに来るんだ。探検ごっこかな」

遊馬は窓を閉めて振り返った。

「ひょっとして、子供が入りやすいように門を開けっ放しにしてるのか？」

「閉めても、入ろうと思えば入れるけどね」と静也は微笑んだ。「せっかく広い土地があるんだ。遊び場を提供するくらいのことはしないと」

「……そっか。ちゃんと考えがあったんだな」と遊馬は吐息を落とした。「覚えてるよ。俺もここで遊んでた」

「知ってるよ。僕は自分の部屋の窓から、君たちの姿を見てたんだ」

懐かしそうに静也が言う。長い付き合いだが、それは初めて聞く話だった。

「そうだったのか？　見てないで出てきたらよかったのに」

「内向的なのは昔も今も変わらないんだ。昔は体も弱かったし、走り回るだけの体力はなかったよ。でも、見てるだけで楽しかったし、今でも微笑ましく感じるんだ。だから、不法侵入罪を見逃してるってわけだよ」

静也が淡々と語る。その表情は穏やかで、口元には小さな笑みも浮かんでいた。

「……もしかして、屋敷を手放さずに持ってるのも、遊び場を守るためなのか？」

「それは買いかぶりすぎかな。一人で研究する場所が欲しいっていうのがあって、結果的に慣れ親しんだここを選んだだけだよ」静也はそう言って、調理台の下から土鍋とカセットコンロを取り出した。「ほら、あったよ」

「お、ビンゴだ。ガスのボンベは新品を持ってきてるから、これで鍋ができるな」

「そうだね。ああ、言っておくけど、直箸《じかばし》は禁止だよ。きちんと取り箸を使うこと」

「分かった分かった。マナーにうるさいやつだな」

「……そういう風にしつけられたんだよ。じゃあ、屋敷の方に戻ろうか」

キッチンを出ようとする静也を、「ここでよくないか。椅子もある」と遊馬は呼び止めた。「俺たちが外に出たら、子供たちが驚くかもしれない」

遊馬がそう言うと、静也は目を細めて頷いた。

「そうだね。君にしてはいいことを言うじゃないか。水も電気も通ってるから、特に問題はないよ」

『君にしては』は余計だな」と笑って、遊馬は静也の肩に拳を当てた。「準備は俺がするよ。お前は他の部屋で待っててくれ」

「手を切ったり、やけどをしたりしないかい？　ずっと実家暮らしで料理なんかしたことないだろう」

「心配しすぎだ。そんなに不器用じゃない。包丁くらい使えるさ」

「……いや、信用できない」静也がそう言って包丁を手に取る。「僕が切る。君は野菜を洗ってくれ」

遊馬は「分かったよ」としぶしぶ頷き、買ってきた野菜を流し台に移動させた。

「じゃ、始めるか」

蛇口をひねったところで、窓の外から、子供たちがはしゃぐ声が聞こえてきた。

ここを使っていた調理人も、同じように子供の声をBGMに料理をしていたのかもしれないな——。

そんなことを考えながら、遊馬は剝《は》がしたキャベツの葉を洗い始めた。

Vampire Detective

第三話

デスティニー・ブラッド

――生命の源

1

川面《かわも》の向こうから、初冬の朝日がゆっくりと上ってくる。それに連れて、龍《りゅう》の背を思わせる堤防のアスファルトに光が広がっていく。

時刻は六時四十分。大垣啓次郎《おおがきけいじろう》は立ち止まり、その光景をじっと見つめた。荘厳な自然の営みを目にすると、生きていることに感謝したい気持ちになる。

ぼんやりと朝日を眺めていると、ズボン越しに軽い衝撃を感じた。足元を見ると、飼い犬のペスが大垣のすねに前足を押し付けている。五歳のオスのゴールデンレトリバーで、クリーム色の毛が陽光で輝いていた。

「お、トイレは済んだか」

大垣はペスの糞《ふん》を処理し、「よっこいせ。じゃ、帰るか」と立ち上がった。

もと来た道を引き返そうと歩き出した瞬間、リードが強い力で引き戻された。ペスは堤防のアスファルトに腰を下ろし、「へっへっ」とリズミカルに息を吐きながら大垣を見上げていた。

「……またか」

大垣は白いため息をついた。ペスは賢くて人懐っこい犬なのだが、散歩が好きすぎるという問題点がある。かれこれ堤防を二キロは歩いているというのに、まだ物足りないらしい。

「ほれ、行くぞ」

リードを引っ張るものの、ペスはまるで動こうとしない。彼の体重は三〇キロほどある。小柄な大垣の腕力なら充分に抵抗できることを、ペスはよく知っているのだ。大垣は仕方なくその場にしゃがみ、「仕方ないな、あとちょっとだけだぞ」とペスの目を見ながら言った。ペスは瞬きをして、ふん、と鼻から息を噴き出した。

と、その時、大垣は背後に人の足音を感じた。

振り返ると、頭からフードをかぶった、黒いジャージにパーカー姿の男が走ってくるのが見えた。ランニング中なのだろうか、と思ったが、男の手にはゴルフのアイアンが握られている。

――やばい！

大垣は慌ててペスを抱え上げると、近くの階段で川岸へと降りた。

降り切ったところで、大垣は自分の判断を悔やんだ。上の道は舗装されているが、こちらは小石だらけの河原が続いている。降りるなら、住宅街に続いている反対側にすべきだった。これではとっさの時にうまく走ることができない。

目の前を、紅乃川《こうのがわ》が緩やかに流れている。水温はかなり低いだろうが、川に飛び込めばなんとか逃げられるかもしれない……。

「あのー、すみませーん！」

背後から呼び掛けられ、大垣はびくりと体を震わせた。

ゆっくり振り返ると、堤防の上からさっきの男がこちらを見下ろしている。男はドラクロワの「民衆を導く自由の女神」の女性のように、手にしていたクラブを高々と掲げていた。

「これ、おじいさんのじゃありませんかー？」

「い、いや、違います！」

声を張り上げて答えると、「そうですか、さっき堤防で拾ったんですよー。警察に持って行きますねー」と言って、男はクラブを持ったまま走り去った。

その姿が見えなくなったところで、大垣はペスを抱えたままであることに気づいた。不思議そうにこちらを見ているペスを地面に下ろし、大垣は平らな石の上に座った。

「はー、疲れた」

ペスを抱えて階段を降りたせいで腕や腰が痛い。こういうのを、火事場の馬鹿力というのだろう。無茶をした代償は大きかった。しばらく休まないと歩けそうにない。

ペスは、急に座り込んだ飼い主をじっと見ている。「何をしてるんですか？」と非難するようなその視線に、「危ないやつかもしれないと思ったんだ」と大垣は言い訳を口にした。

大垣が紅森市に越してきたのは今年の春のことだった。ペスを遊ばせられる広い庭が欲しくて、土地の安いこの街で一戸建てを買ったのだ。

引っ越した直後は新しい環境に満足していた。しかし、すぐに大垣は違和感を覚えることになる。新聞の地方欄に載る重大事件の数が妙に多いのだ。一過性のものかと思って調べてみると、紅森市は全国の市町村の中で最も殺人事件の発生率が高いことが判明した。空き巣や放火、交通事故などはむしろ少ないのに、なぜか殺人だけが突出して多いのである。

そのことを知って以来、大垣はちょっとしたことにもビクビクするようになってしまった。妻は「気にしすぎよ」と笑っているが、大垣はとてもそんな風に鷹揚《おうよう》に構えてはいられなかった。妻には言っていないが、毎日のように自分が被害者になる悪夢にうなされている。

「気になるんだから、しょうがないだろうが」

家で待っている妻に文句を言い、大垣はゆっくりと立ち上がった。まだ腕がだるいが、ずっと座っていたら体が冷えてしまう。

「悪いけど、今度こそ帰るぞ。また夕方に散歩に行くから、それで勘弁しろよ」

大垣がそう告げた時、急にペスが振り返った。彼は「うぅぅ……」と唸《うな》りながら、川上の方を睨んでいる。ペスのそんな姿を見るのは初めてだった。

よほど気に食わない犬でもいるのかと思ったが、辺りに動くものの姿はなく、隠れられるような場所も見当たらない。

「おい、どうした?」

不穏な空気を感じつつ、大垣は強めにリードを引っ張った。

その瞬間、ペスがくるりとこちらを向いて頭を下げた。

「あっ」と思った時には、ペスの首輪がすぽんと抜けていた。

自由を得たペスが、何のためらいもなく川上へと駆け出す。

「お、おいっ!」

慌てて追い掛けるものの、本気を出したペスの速度はすさまじい。あっという間にその差が開いていく。

「あー、無理だ……」

追いつくのを諦め、大垣は足を止めた。心臓が悲鳴を上げている。今年で六十七歳。考えてみればもう何十年も全力疾走などしていない。このまま追い続けたら、殺人事件の被害者になる前に発作で心臓が止まりかねない。

大垣は息を整えながら、遠ざかっていくペスの背中を呆然と見つめた。

保健所に連絡か、それとも警察か……。

やれやれとため息を漏らしたところで、ペスが速度を緩めた。川べりに鼻を近づけて激しく尻尾《しっぽ》を振っている。何かを見つけたようだ。

大垣はごろごろと石が転がる河原を四苦八苦しながら歩いて行った。

「おーい、何があったんだー」

声を掛けると、ペスがこちらを向いた。舌を出し、「見てください！」というように目を輝かせている。

「ひょっとして小判でも嗅《か》ぎ当てたか……」

川の方に視線を移し、大垣は浮かべかけた笑顔をこわばらせた。

水際にある、一メートルほどの岩。水滴に似た形のその岩の陰に、軍手のようなものが引っ掛かっていた。

大垣の脳はすでに、「それ」が何かを判別していた。しかし、「まさか」や「そんな馬鹿な」という気持ちが邪魔をして、その気づきに思考が追い付かない。

「いやいや、そんな……」

大垣は引きつった笑みを顔に張り付けたまま、ゆっくりと岩に近づいた。

赤黒いものが見えた瞬間、「ひっ」と喉の奥から声が漏れた。

芋虫のように節々が膨れた五本の指と、ぶよぶよした手の甲。そして、赤黒い肉の中に見える、真っ白な骨……。

「う、うわあああーっ！」

目の前に落ちている「それ」が人の手首であることを理解した瞬間、大垣は全力で叫び声を上げた。

足元に控えていたペスが空を見上げ、高らかに遠吠《とおぼ》えをする。

腰が抜けて動けなくなった大垣は、しばらくその声を聞き続ける羽目になった。

2

「——では、これで捜査会議を終わる。各自、引き続き情報収集に当たってくれ」

刑事課の課長である高月が会議の終了を宣言し、重い足取りで会議室を出て行った。

桃田遊馬はそれを見送り、「ふーっ」と大きく息をついた。体に籠《こも》っている不快な熱気を追い出したかったが、胸の中のもやもやは消えてはくれなかった。

遊馬はゆっくりと立ち上がり、頭を掻きながら廊下に出た。

「桃田さーん」

遊馬の名前を呼びながら、虎姫が小走りに駆け寄ってきた。

「ああ、お疲れ様です」

「どうでしたか、会議は」と虎姫が訊いてくる。

加齢臭アレルギーに苦しんでいる彼女は、捜査員が集まる会議にはあまり参加しない。参加するのは短時間で終わりそうな時か、参加者自体が少ない時くらいだ。今日は長引くことが分かっていたので、事務室の方で待機してもらっていた。

虎姫は期待に満ちた目をしている。遊馬は首を振り、「残念ながら、進展はありませんでした」と神妙に答えた。

「そうですか……」と虎姫が嘆息する。「難航してますね」

「ええ、本当にそう思います」と遊馬は心から同意した。

市内を流れる紅乃川のほとりで切断された手首が見つかったのは、今から五日前の、十二月十一日のことだった。

川べりに流れついたのは男性の右手で、切断後数日が経過しているものと推測された。指輪などの装飾品は何も身に着けておらず、未だに身元は分かっていない。指紋も調べたが、警察のデータベースに一致するものはなかった。

情報が少ないため、署内では便宜的に手首の持ち主のことを「リストマン」と呼んでいる。現時点では手首しか発見されていないが、普通に考えればこれはバラバラ殺人だろう。重大犯罪の発生件数の多い紅森市でも、めったに起きない残虐な事件だ。

捜査に関わる全員が、絶対に迷宮入りにはさせないという熱意を燃やしている。しかし、いくらやる気がみなぎっていても、捜査の糸口がなければどうにもならない。

リストマンは一体どこの誰なのか？

その根本的な問いが遊馬たちの前に立ち塞がっていた。

「紅乃川の捜索も空振りですか」

「残念ながら、何も出てませんね」

バラバラにされた遺体はすべて紅乃川に流されたのでは、という仮説に基づいて数十人単位で捜索を行っているが、めぼしい成果は上がっていない。紅乃川は広いところでは川幅が一〇〇メートルを超える。もし遺体が川底に沈んでいたら、発見は極めて困難になるだろう。もちろん、すでにもっと下流まで流れてしまっている可能性もある。川べりに流れ着いた手首が見つかったこと自体、かなりの偶然と言える。

腕を組み、うーん、と虎姫が唸る。

「じゃあ、行方不明者のリストはどうですか？」

「さっきの会議で、担当者からの報告がありました。特徴に合致する行方不明者は、少なくとも二万人はいるそうです」

警察に届け出のあった全国における行方不明者は、およそ八万人。そのうちの約五万人が男性だ。リストマンの血液型はA型だったので、理屈の上では、五万の四割である二万人が対象になってしまう。

「そうですか……絞り込みの条件が少なすぎますよね」

「紅森市在住の人間に限定するわけにもいきませんからね。他の地域から遺体が持ち込まれ、捨てられた可能性もあります」

「……となると、やっぱり切り札に期待するしかないですね」

指を唇に当て、虎姫が呟く。

「切り札って言うのは、もしかして」

「そうです。天羽博士です」と虎姫が大きく頷く。「血液から様々な情報を引き出してきたあの方なら、今回もきっと私たちを導いてくれるはずです」

「導くってのはいささか大げさですが」

遊馬が苦笑すると、「そんなことはありません！」と虎姫が声に力を込めた。「先日の黒崎の一件で、天羽博士は犯人確保の現場にいらっしゃいましたよね」

「ああ、はい」

遊馬はその時の様子を思い起こした。容疑者への状況説明のために、彼は遊馬たちに同行して現場に足を運んでいた。

「私は離れたところにいましたが、初めて自分の目で天羽博士を見ることができました。ヴァンパイアと呼ばれるくらいだから禍々《まがまが》しい雰囲気の方なのかと想像していましたが、全然違いました。二〇メートルは離れていたのに、私は彼のまとっていた神秘的なオーラに感動したんです。吸血鬼というより、むしろ天使といった印象を受けました」

虎姫の鼻息は荒い。彼女の興奮ぶりに若干引きつつ、「……はあ、天使。いま話題のやつですね」と遊馬は相槌《あいづち》を打った。

ここ最近、自宅のポストに立て続けにパンフレットが投げ込まれていた。〈レッド・エンジェル〉という宗教団体が発行する機関紙だ。紅森市に本拠を置く新興宗教団体で、この二年ほどで急速に信者を増やしているという。新しくトップに立った二代目教祖が有能らしく、あの手この手で着実に規模を拡大しているようだ。

いつか天使が地上に舞い降り、自分たちを救ってくれる――教団のその主張に共感する市民が結構いるらしい。続発する殺人事件のストレスが、救済を求める気持ちを呼び覚ますのかもしれない。

「そんな胡散臭《うさんくさ》いのと一緒にしないでください！　彼は本当に特別な存在だと思うんです！」と虎姫が鼻の穴を膨らませる。「私、決めました。天羽博士をいつか必ず警察にスカウトしてみせるって」

「……スカウト？」

「そうです。彼の持つ分析能力は我が署の犯罪捜査には欠かせないものになりつつあります。そんな人を放《ほう》っておく手はありません。特別捜査官として、紅森署の科学捜査を引っ張っていく存在になってほしいと思います！」

そう主張する虎姫の表情は真剣すぎるほど真剣だ。前々から彼女は静也のことを気に掛けていた。本人を自分の目で見たことで、一気に感情が爆発したらしい。

「桃田さん、お願いがあります！」

虎姫がぐいっと遊馬に詰め寄る。「な、なんですか」と遊馬は思わず身を引いた。

「天羽博士と会う機会を作ってもらえませんか。熱い気持ちをぶつければ、博士もその気になってくれると思うんです！」

「いや……それはどうですかね……。あいつは一人で実験をするのが好きですからね。組織の一員になりたがるとは思えませんが」

「それをひっくり返してみせますから！　自信があります！」

虎姫は遊馬の目を覗き込みつつそう言うと、「お願いしますね！」と言い残して廊下を去っていった。

彼女の姿が見えなくなったところで、「危ないところだった……」と遊馬は独り言を漏らした。実はこれから、手首の血液の分析結果を聞くために静也と会うことになっている。そのことをうっかり話していたら、「私も一緒に行きます！」と虎姫が騒いでいただろう。

虎姫には申し訳ないが、静也との面会の実現はかなり難しい。静也は、遊馬以外の警察関係者が屋敷に足を運ぶことを望んでいない。というよりも、人と会うこと自体を苦手にしているようだ。

そのままでいいとは思わないが、静也は子供の頃から孤独と親しんできた。いまさらそれを変えさせるのは、おそらく彼にとっての大きな苦痛になる。いくら幼馴染とはいえ、へそを曲げて遊馬とさえ会ってくれなくなるかもしれない。そうなれば、血液の分析も引き受けてもらえなくなるだろう。

消極的な選択ではあるが、少なくとも今は現状維持を心掛けるべきだと遊馬は考えている。

いずれにせよ、余計なことはいったん忘れて、リストマンの身元特定に集中すべきだ。よし、と呟き、遊馬は捜査車両のキーを取りに事務室に向かった。

3

午後三時過ぎ。遊馬は途中で買ったドーナッツの入った袋を持ち、天羽邸の敷地に足を踏み入れた。

今年の秋は暖かかったが、十二月に入ってからは肌寒い日が続いている。薄暗い森を抜けてくる風は冷たく、ただでさえひと気がなくて寂しい雰囲気の中庭をさらに寒々しいものにしていた。

玄関にたどり着き、いつものように扉の脇のインターホンを鳴らす。しばらくすると、扉のロックが外れる音がした。

重い扉を開け、中に入る。邸内はひんやりとした冷気に満たされている。空調を切っているようだ。静也はほぼすべての時間を、屋敷の地下にある実験室で過ごしている。使わないところまで温める必要はない、という判断だろう。

ポケットに手を突っ込み、遊馬は実験室へと歩き出した。深くて澄んだ川を思わせる青い絨毯の上を進み、地下へと降りる。

と、その途中で下から上がってきた静也と出くわした。実験を終えたばかりらしく、彼は愛用の黒衣を小脇に抱えていた。

「やあ」と静也がほんのわずかに口角を上げる。機嫌はよさそうだ。どうやら分析はうまくいったらしい。

「よう。調子はどうだ？　風邪は引いてないか？」

「元気だよ、今のところはね」と静也が遊馬のところまで上がってきた。「でも、油断はできないけどね。いつも冬は必ず体調を崩すから」

「昔に比べたらずいぶん頑丈になったと思うけどな」と遊馬は言った。

静也と親しくなったのは小学六年生の夏だが、彼はその年の冬、肺炎でひと月以上も学校を休んだ。中学生になってからも、冬になるたびに静也は風邪やインフルエンザに苦しめられてきた。その頃に比べると、今はかなり体力がついたように感じる。

「まだまだだね」と静也が首を振る。「油断していると熱が出るんだ。廊下は寒いよ。上に行こう」

静也に促され、彼と共に階段を上がって応接室に向かう。

「コーヒーを淹れるから待ってて」

そう言っていったん部屋を出て行き、五分ほどで静也は戻ってきた。銀色のトレイには二人分のカップが載っていた。

さすがに静也もこの時期は冷たいトマトジュースは避けているようだ、と思いきや、彼のカップには湯気を上げる赤い液体が入っていた。

「なんだそれ?」

「見ての通り、トマトスープだよ。体が温まるスパイスが入ってる」

静也は当然とばかりにそう答えて、ゆっくりとスープを口に運んだ。

「トマト好きに拍車が掛かってきたな。今までは寒くてもそんなものは飲んでなかっただろ?」

「……そうだね」と静也が目を伏せる。「冬は紅茶が多かったけど、飲みすぎて飽きてしまったんだ。変えるならやっぱりこれかなと思ってね。栄養がある」

「自分で作ってるのか?」

「いや、取り寄せたものを温めてる。ダンボール三箱分を一気に買ったから、この冬はそれで凌ぐつもりだよ」

「極端だな」と遊馬は苦笑し、彼の淹れたコーヒーをすすった。「ドーナッツを買ってきたんだけど、合わないよな」

「風味がぶつかるかな。僕はいいから、君が食べなよ」

「そうはいかないよ。手土産なんだから。明日までは大丈夫だから、小腹が空いた時にでも食べてくれ」

遊馬はドーナッツの入った紙袋をガラステーブルに置き、「それで」と身を乗り出した。「リストマンの血の分析はどうなった？」

「うん。ちょうどデータが出揃ったところだよ。幸い、組織内部には充分な量の血液が残ってた。ということはおそらく、血が止まった状態で手首が切り落とされたんだ。心臓が動いていれば、もっと出血して血が失われたはずだからね」

「ってことは、バラバラ殺人の可能性が高いってことだな」

「常識的に考えてそうだと思うよ」

静也は冷静に喋っている。綿密な分析を行えるように、今回は冷蔵保存していた手首をそのまま静也に渡している。そこから彼が自ら血液を取り出したのだ。

「……手首をいろいろいじったんだよな。大丈夫だったか？」

「忘れたのかい？　僕は医学部出身だよ。手術の執刀経験はないけど、解剖実習には参加してるからね。体の一部であっても普通に扱えるよ」

静也は血のように赤いトマトスープを飲み、「ただね」と続けた。「これまでに分析を請け負った事件については、警察に報告書を出してるよね」

「ああ、毎回助かってる」

「その報告書には、実験項をちゃんと付けてるんだ。専門家がそれを読めば、同じデータが出せるような詳細なものをね。分析の手順、それに使った機器や試薬のデータも包み隠さずに全部載せてる。それなのに、どうしてこんなに頻繁に僕のところに依頼が来るんだろうね」

静也はそこで足を組み、遊馬の方をじっと見つめた。どうやら、警察からの分析依頼によって自分の本来の研究が妨げられることに文句があるらしい。

「それに関しては、機器の問題が大きいみたいだな。署の鑑識係はもちろん、県警本部の科捜研でも持ってないような設備がお前のところにはあるんだよ。例えば、一瞬でいろんなデータが取れる機械があるよな」

「自動分析装置のことかな。確かにあれは便利だよ。サンプルを入れれば、タンパク質や酵素、腫瘍《しゅよう》マーカーといった項目の成分分析が完了するからね。もしそういうものが必要なら、寄附をしようか？　それで同じマシンを買えばいい」

「いや、そう簡単にはいかないだろ。装置の使い方に慣れるのに時間が掛かるし、専任のオペレーターも必要になる。それを考えると、お前に依頼するのが一番確実な方法だと思うんだ」

「後ろ向きな考え方だね。もし僕がいなくなったらどうするつもりだい？」

静也の一言に、「えっ？」と遊馬は目を見開いた。「お前、どこかに行く予定でもあるのか？」

「……例えばの話だよ」

静也は気まずそうにそう呟き、組んでいた足を床に下ろした。

「仮定の話はまた今度にしてくれ。今日は議論じゃなく、結果を聞きに来たんだ」

「分かってるよ、いま説明する」

静也は早口にそう言うと、傍《かたわ》らの黒衣のポケットから折り畳まれた紙を取り出した。

受け取って開いてみると、ＣＥＡやＳＴＮといった、数文字のアルファベットで構成された知らない用語が並んでいた。その横には数字が載っている。もちろん、どの行がどういう意味なのかはさっぱり分からない。

「これを見せられたところでな……」と遊馬は頭を掻いた。

「そのデータの話はあとだ。まず、年齢の話をしよう。ＤＮＡのメチル化状態を解析すれば、年齢が推定できることは前に話したね？」

「ああ、ついこの間のことだ。覚えてるよ」

「今回もその手法を使ってみたよ。その結果、五十五歳プラスマイナス三歳という推定値が得られた。使えるサンプル量が多かったから、実験の回数を増やすことができた。精度はかなり高いと思う」

「それは重要な情報だな」と遊馬は手のひらに拳をぶつけた。

「そうでもないよ」と静也は首を振る。「行方不明者のデータを見てみたら、A型の五十代の男性は二千人以上もいる。推定年齢の範囲に絞っても、せいぜい千人前後まででしか減らせないだろう。身元の特定に近づいたのは確かだけど、今の段階だとまだまだゴールまでは遠いと思う」

「まあ、それはそうかもしれないけどさ。大きな進展があったのは確かだろ。すぐに担当者に連絡して、捜索対象者をリストアップしてもらうよ」

立ち上がりかけたところで、「まあそう焦らないで」と静也に止められた。「まだ話は途中だよ。その紙のデータの説明をしてない」

「ああ、そう言えばそうだな。で、これは何の数字なんだ？　もったいぶらずにさっさと教えてくれよ」

「別にもったいぶってるわけじゃないよ。順を追って話してるだけだ」

「科学的には順番が大事なんだろうけど、俺が知りたいのは結論なんだよ」

「分かった分かった」と静也が苦笑する。「それはね、血中に含まれるタンパク質の数値だよ。CEAは癌《がん》胎児性抗原、STNはシアリルTn抗原というタンパク質だね。これらはいずれも、腫瘍マーカーと呼ばれているんだ」

「腫瘍？　腫瘍って、体の中にできる肉の塊のことか？」

「そう。要するに癌だね。これらのタンパク質は、体内に癌があると血中濃度が上昇するんだ。しかも、病状が進行しないと有意な差としては現れない」

「ってことは、リストマンは癌に冒されてたってことか？」

「分析の結果はそれを示してる」

「超重要な情報じゃないか！　一気に候補者の数を減らせるぞ！」と叫んで遊馬は立ち上がった。

その勢いのまま部屋を飛び出そうとしたところで、「あ、悪い、ついうっかり」と遊馬はブレーキを掛けた。「礼を言うのを忘れてたよ。ありがとうな、静也。お前のおかげで突破口が開けそうだ」

「結果がよかったからって、それについて感謝するのは筋違いだよ」と静也は淡々と指摘した。「僕はいくつかの分析手法を試しただけで、何も特別なことはやってない。好ましいデータが出たのはあくまで偶然にすぎないよ」

「屁理屈《へりくつ》を言うなよ、こんな時に」

遊馬は静也のところに引き返し、彼に向かって拳を突き出した。

「それ、どういう意味だい？」

「説明しなくてもだいたい分かるだろ。いいデータが出たことに対しての『よっしゃ！』だよ」

「分かってるからこそ確認したんだ。まだ喜ぶような段階じゃないだろう」

「いいんだよ、俺が嬉しいんだから。ほら、お前も手を出せよ」

遊馬が肩を叩くと、静也は「まったくもう、仕方ないな」と眉根を寄せつつ、遊馬の拳に握った手を押し当てた。

「それでいいんだよ」

「僕たちはもう立派な社会人なんだ。こういう子供っぽいことはこれで最後にしてほしいね」

そんな憎まれ口を叩いていたが、静也の口元には小さな笑みが浮かんでいた。

「なんだよ、お前だって嬉しそうじゃないか」

「気のせいじゃないかな」

「面倒くさいやつだな。まあいいや。じゃあ、署に戻るわ。またよろしくな！」

遊馬はそう言って応接室を飛び出した。

ようやく、行き場を見つけられなかったエネルギーを解放できる。そう思うと、廊下を歩く速度は勝手にどんどん加速していった。

4

「――次はここですね」

遊馬は建物の上に堂々と掲げられた〈紅堂《こうどう》病院〉の看板を確認し、駐車場に捜査車両を停めた。

「かなりの規模の病院ですね」

車を出て、病棟を見上げながら虎姫が言う。

遊馬は駐車場を見回した。だいたい、二百台分のスペースがあるだろうか。ここは駅から離れているので、来院者のほとんどは自家用車かタクシーを使う。

「そうですね。市内だと入院患者数トップ3には入ってるでしょうね」

来院者数が多い理由は二つある。1．紅堂病院があらゆる診療科を備えた総合病院であること。2．最先端医療を多く取り入れており、他院からの受け入れを積極的に行っていること。この二つだ。

「こういうところなら、リストマンが足を運んでる可能性は高いですね」

「ですね」と遊馬は頷いた。

病状の進行した癌患者なら、最新の医療が受けられる大きな病院に通っていたかもしれない――あのあと、静也から届いたアドバイスのメールにはそう書かれていた。リストマンが紅森市民だとは限らないが、もし自分が癌になったらやはり大きな病院に助けを求めるだろう。

時刻は午後五時。ちょうど一般外来の診察が終わったところだ。静也からの助言をもとに癌患者を探し始めて三日目。今日もすでに五軒の病院を訪れていたが、まだリストマンに繋がりそうな情報は出ていない。今度こそ、という強い思いを抱き、遊馬は虎姫と共に正面玄関へと向かった。

自動ドアを通って中に入る。ずらりとベンチの並ぶ待合ロビーの奥に、総合受付があった。来訪する旨は事前に伝えてある。受付係の女性に声を掛けると、消化器外科のあるエリアに向かうように指示された。

すぐ近くにあったフロアマップで場所を確認し、アルコール消毒の匂いのする廊下を歩いていく。

売店の横を通り、緊急処置室を通り過ぎた先に消化器外科の表示を見つけた。その受付に警察手帳を見せると、今度は三番の部屋に入るように言われた。

指示通りに廊下を奥まで行くと、③と書かれたクリーム色の横開きの戸があった。

「失礼します」

軽い手応《てごた》えの戸を開けると、そこは六帖ほどの部屋になっていた。

角が丸みを帯びた事務机の前に、男性医師が座っている。年齢は四十代後半か。黒縁の眼鏡を掛けていて、鼻の下には黒々とした立派なひげを生やしていた。髪はしっかり七・三分けに固めてある。堅物っぽいな、というのが彼に対する第一印象だった。

「紅森署から参りました。今日はお忙しいところ、ありがとうございます」

虎姫、遊馬の順に自己紹介をする。男性医師は遊馬たちとは目を合わさずに、ぼそりと「春日井《かすがい》です」と名乗った。

遊馬はちらりと隣を窺った。虎姫の表情は普段通りで、痒みをこらえている様子はない。診察室の隅では真新しい空気清浄機が稼働している。あれのおかげでアレルギーが抑えられているようだ。高性能なものを使っているのだろう。

「春日井さんは、こちらの病院での癌治療を統括していると伺いましたが」と、虎姫がさっそく質問を始めた。

「そんなに偉いものではないですよ。消化器関連の癌患者さんの情報を取りまとめているだけです」と春日井が眼鏡のつるに触れる。「治療方針は担当医が決めますから、私は一切口出ししません」

「治療には関わっていなくても、情報としては把握しているわけですね」

「ええ、まあ。手術、薬剤治療、放射線治療と、同じ癌でも腫瘍の状態によって治療法は多様な選択肢を持ち得ます。それらの治療実績のデータを解析し、その後に活かしていくことが癌治療の成功確度を上げると私たちは考えています。統括担当になってからの五年分のデータは頭に入ってますよ」

「それはすごいですね。では、こちらの病院を受診された癌患者さんについて伺ってもよろしいでしょうか。被害者の方は、癌を患っていた可能性があります」

虎姫が、リストマンの血液の分析結果を春日井に説明する。

「五十代の男性ですか……。癌患者としては若いですね。癌の罹患率が急激に高まるのは六十代からですからね」と春日井が神妙に言う。「ただ、若い方は進行した状態で見つかることが多いんです。血中にそれだけ腫瘍マーカーがあったということは、初期ステージではないでしょうね」

「なるほど。それで、いかがでしょうか？」

「……一人、心当たりのある方がいらっしゃいますよ」

春日井はそう言うと、手元のマウスを操作し、液晶モニターに患者のデータを呼び出した。

「長浜輝夫《ながはまてるお》さんという男性です。年齢は五十八歳。血液型はA型ですから、とりあえず条件には合致していますね」

遊馬はモニターを覗き込み、「その方は、いつ頃からこちらに？」と質問した。

「初めて来院されたのは約一年前ですね。胃の痛みを訴えていたので検査を行ったところ、悪性度の高い胃癌であることが分かりました。すぐに手術を行ったのですが、リンパ節への転移が起こりましてね。……手術では切除しきれないと判断したので、薬物治療と放射線療法の併用を勧めましたが、拒絶されまして」

「それはなぜでしょうか？」

「もう病院は信用できない、とおっしゃっていました。胃を切除したのに病状が悪化したことで、弊院への不信感を募らせていたようです。他の病院を紹介すると申し出たのですが、それも断られまして。……残念ながら、治療を無理強いすることはできません。それでも心変わりを期待して定期的に連絡をしていたのですが、それも途絶えてしまいました。二カ月前から音信不通になっています」

　春日井はそう語り、深いため息をついた。癌治療を統括する立場の人間として、長浜は悔いの残るケースだったのだろう。

「長浜さんのご家族に説得を頼んだりはしなかったんでしょうか」と虎姫が尋ねる。

「彼は一人暮らしだったようです。入院中も誰も見舞いに来ませんでしたね」

「身寄りがなかったのなら、亡くなったとしても気づかれないかもしれませんね」と虎姫が独り言を呟く。その瞳は爛々《らんらん》と輝き始めていた。

　遊馬も手応えを感じていた。リストマンは長浜なのではないか。刑事としての直感がそう訴え掛けてくる。DNAによる照合を試す価値は充分にある。

検査用に採取した長浜の血液はまだ院内に保管してあるという。分析のためにそれを使わせてもらうことを承諾させ、遊馬たちは紅堂病院をあとにした。

5

それから二日後。十二月二十一日の午後二時半。遊馬は虎姫と共に、紅森市の南部にある住宅街へとやってきた。

コインパーキングに車を停め、スマートフォンに表示させた地図を見ながら歩き出す。

鉄製の階段が錆《さ》びたアパート。破れて外れかけている民家の網戸。砂利の間から草が伸びた駐車スペース。電気が止まり、中のサンプルがすべて倒れている飲料の自動販売機。空き地に放置された、タイヤの外された軽トラック……。鈍《にび》色の空の下に広がる景色は、どこもくたびれていた。

「なんていうか、ゴーストタウンみたいですね」

隣を歩きながら虎姫が呟く。

「地域のコミュニティもあまりうまく機能していないようです」

狭い路地の左右に並ぶ家を観察しながら、遊馬はそうコメントした。紅森市には、北部は地価が高く、南部は地価が低いという傾向がある。南部は家賃も安いため、この辺りには学生やフリーター、年金暮らしの老人などが多く住んでいる。単身者が多くなるとどうしても住民同士の繋がりは弱くなってしまう。

冷たい風の吹く路地をしばらく進み、遊馬たちは古い一軒家にやってきた。二段だけのコンクリートの階段の先に、すりガラスの嵌《はま》ったドアがある。ドアの脇に置かれたプラスチックの白い植木鉢からは、枯れ果てた植物の残骸が突き出していた。窓を覆う鉄の格子に、小さな青いポストがぶらさがっている。黄ばんだプラスチックカバーの下に差し込まれた紙製の名札は、確かに〈長浜〉になっていた。

ここにリストマンが住んでいたのか……。

すでに、DNA鑑定により、切断された手首が長浜のものであることが確認されていた。遊馬はなんとも言えない寂寥《せきりょう》を感じつつ、平屋の家屋を眺めた。

長浜は紅森市ではなく、隣県の緑丘《みどりおか》市の出身だ。高校卒業後に紅森市内の運送会社に就職し、三年前に退職するまで、在庫管理の仕事一本で働いてきた。ちなみに、早期退職制度を利用して五十五歳で会社を辞めている。

彼には家族はいなかった。結婚歴はなく、ずっと一人暮らしだ。両親はすでに他界しており、兄弟姉妹もいない。親しくしていた友人もいないようで、警察に行方不明者届――いわゆる捜索願は出ていなかった。

緑丘市の実家を出て以降、長浜はずっと紅森市に住み続けていた。ただ、彼は二カ月前にここに引っ越してきている。転居の理由は不明だが、おそらく病院から頻繁に来る連絡が鬱陶しくなったのだろう。それプラス、治療に金を使いすぎたというのもあるのかもしれない。前に住んでいたマンションは家賃が七万円だが、ここは二万八千円と格安だ。

大家に連絡を取り、立ち入りの許可は取っている。預かってきた鍵で玄関のドアを開けると、中から枯れ草のような匂いが漂ってきた。

「ああ……やっぱり」と虎姫が辛そうに呟く。「すみません、桃田さん」

「まあ、仕方ないでしょう」と遊馬は頷いてみせた。独身の中年男性の一人暮らし――この家は、虎姫のアレルギー反応が最も強くなる場所と言っていいだろう。「自分一人で調べてみますよ」

「すみません。私は近隣で聞き込みをしてます」

ぺこりと一礼し、虎姫が小走りに去っていく。

遊馬はドアを閉めて靴を脱ぐと、ポリエチレン製のシューズカバーを履いてから廊下に上がった。指紋を付けないように手袋を嵌《は》めるのも忘れない。

明日の朝から鑑識がここを調べることになっていた。捜査の方向性を早めに決めるために、遊馬は偵察役としてこの家に来ている。異臭は感じないが、遺体の一部がどこかに隠されている可能性もある。遊馬は気合を入れて調査をスタートさせた。

板張りの廊下がまっすぐ延びていて、右手に木のドアやガラスの格子戸が並んでいる。昼間なのにかなり暗い。

左手の窓を開けてみると、隣家のブロック塀が目の前に迫っていた。これのせいで日光が遮られているのだ。

とりあえず、一番手前のドアを開けてみる。そこは三帖ほどの狭い台所だった。流しは水垢《みずあか》で汚れていたが、生ゴミや汚れた食器は見当たらない。ガスコンロや換気扇もきれいな状態だ。長浜はほとんど料理をしていなかったようだ。

黄と茶の市松模様の床には、紅森市指定の半透明のゴミ袋が無造作に置かれている。中に入っているのはカップラーメンやコンビニ弁当の空き容器だ。

遊馬は台所の隅にあった冷蔵庫に近づいた。ワンドアの古い型のもので、まだ稼働している。

サスペンスもののドラマなどでは、冷蔵庫に遺体が入っていたり……という展開が時々見られる。深呼吸で心の準備を整えてから、遊馬は冷蔵庫のドアを開けた。

「ん、これは……」

冷蔵庫には、ガラス瓶やペットボトルに入った飲料が大量に詰め込まれていた。

そのうちの一本を取り出してみると、真っ青なラベルに〈神々の水〉と書かれていた。アフリカの奥地にある泉から採取した水で、レアアースと呼ばれる金属元素がバランスよく含まれているらしい。

他の飲料も確認してみる。ケールとスパイスを合わせた青汁に、ノーベル化学賞受賞者が認めた水素水……。熊《くま》の肝のエキスを含む栄養ドリンク。それと、どれも、「体にいい」ということを猛烈にアピールしているものばかりだ。

冷蔵庫をいったん閉め、今度は戸棚の引き出しを開ける。そこには褐色のガラス瓶が並んでいた。各種ビタミンのサプリメントに、ヤシの実の抽出物を詰めたカプセル。漢方薬とカレーのスパイスを混ぜた錠剤に、昆虫の幼虫を粉にしたもの……。ここにも健康マニアが好きそうな商品が大量に保管されていた。

スマートフォンを取り出し、それらについてインターネットで調べる。すると、そのすべてが効能の一つに「癌の縮小」を掲げていた。どうやら長浜は、癌を治すために民間療法に頼っていたようだ。

最先端の医療を放棄し、効果も定かではない怪しい治療に傾倒する……。長浜が間違った方法にすがっていた様子がありありと感じられ、遊馬は思わず嘆息した。

台所の南側にはふすまがある。そこを開けると、こたつの置かれた和室に出た。広さは六畳。テレビと本棚があり、下着などを入れる三段の衣装ケースと、金属製のハンガーラックがそれぞれ一台ずつ置かれていた。こたつの上には、蓋が閉じられたノートパソコンがある。

室内に乱れた様子はなく、天井の照明もこたつのスイッチも切られている。また、ハンガーラックにはジャンパーやコートの類《たぐ》いは見当たらなかった。長浜はこの家の中ではなく、外出先で何者かに殺されたのかもしれない。もちろん、そういった犯罪の痕跡を犯人が消し去った可能性もあるが。

ノートパソコンを開いてみたが、ロックが掛かっていて中は見られなかった。

続いて、本棚の前に立つ。幅八〇センチ、高さ一メートル半ほどの比較的小さめの本棚に収められているのは、時代小説やミステリー小説など、ごく普通の書籍ばかりだ。百冊以上はあるだろう。長浜は読書好きだったようだ。

ざっと棚を見ていく途中で、遊馬は一番端に差さっている青い背表紙に目を留めた。穴を開けた書類を綴《と》じるリングバインダーだ。

丁寧に引き出し、バインダーを開いてみる。中身はルーズリーフだった。数十枚はあるだろう。長浜によるものと思しき、手書きの文字がみっしりと紙を埋めている。

〈神の導く未来〉〈信じることが奇跡を起こす〉〈悪いものを消し去るためには〉〈正しい祈り方〉といった、オカルトめいた言葉がずらずらと並んでいた。

「神頼み、か……」と遊馬は呟いた。

病院での医療に失望した長浜は、体を蝕《むしば》む癌と闘うために、胡散臭い健康食品や神秘的な力に傾倒していた。そこに科学的な裏付けがあるとは思えない。しかし、長浜は彼なりに理論を構築し、自ら救いの道を切り開こうとしていたようだ。几帳面《きちようめん》な文字で綴《つづ》られた独自の理論を読んでいると、真面目《まじめ》で勉強熱心な性格が伝わってくる。きっちり読み込むと、彼の構築した世界に引きずり込まれそうだ。遊馬は軽く目を通しながらルーズリーフをめくっていった。

最後に一枚だけ、違うものが綴じられていた。赤の背景に浮かぶ、〈RED ANGEL〉の白文字……そのデザインには見覚えがあった。レッド・エンジェルの機関紙だ。表紙の右下に記された号数からすると、今年の秋に配布されたもののようだ。

機関紙をめくると、冒頭に教祖の顔が載っていた。女性だ。年齢は四十代半ばくらいだろうか。ノーメイクだが肌にはシミひとつない。目は一重で眉は薄い。小面《こおもて》と呼ばれる、女性の能面を思わせる顔つきだった。紅月千代子《こうづきちよこ》という名前らしい。その下には、「天使が人々を救って云々《うんぬん》〜」といった主張が書かれている。

次のページからは教団の本部施設の紹介が載っていた。紅森市の西部にある敷地は一ヘクタールの広さがあり、教祖と対話をするための部屋や、熱心な信者のための宿泊施設、様々な資料を集めた図書館などがあるらしい。

機関紙の最後に、教団の連絡先が掲載されている。そこに書かれた電話番号に丸が付けてあり、〈十一月七日、午前十時〉というメモが残されていた。

ひょっとすると、長浜はレッド・エンジェルに入信していたのかもしれない。教団と事件との繋がりは不明だが、とりあえず一つ手掛かりが得られたようだ。

バインダーを元の位置に戻したところで、「だから、ちゃんとやってるってば！」と子供の声が聞こえてきた。声変わり前の、幼い少年の声だ。

「ん？　なんだ？」

居間の奥にあるふすまを開けると、四畳半の和室に続いていた。隅に布団が畳んで置いてある。ここは寝室か。

カーテンを開けると、枯れた雑草の広がるこぢんまりとした庭があった。苔《こけ》の生えたブロック塀を挟んだ奥には、別の民家が建っている。

「掃除もしてるし、ご飯も食べてるよ！」

さっきと同じ声だ。向かいの民家の二階で誰かが喋っているようだ。

「もう切るよ。じゃあ」

その言葉と共に声が途切れ、辺りに静けさが戻ってきた。

と、そこで窓の向こうに太った男が現れた。その手にはスマートフォンが握られている。さっきの声は、あの男が電話で喋っていた時のものだったらしい。

男は遊馬に気づくと、慌ててカーテンを閉めた。これだけ近くに住んでいるなら、長浜との交流があったかもしれない。あとで話を聞く必要がありそうだ。

寝室の押入れを見てから、トイレ、風呂《ふろ》、洗面所などを確認する。そちらも比較的きれいな状態だった。目に見えるような異変はない。

本格的な調査は鑑識に任せることにして、遊馬は長浜の自宅をあとにした。

外に出たところで、ばったり虎姫に出くわした。

「あ、桃田さん。お疲れ様です。どうでしたか、中の様子は」

「片付いてましたね。ざっと見た感じ、争った形跡は見当たりませんでした。少なくとも、強盗殺人ではなさそうですね」

「そうですか……」

「虎姫さんの方はどうでした？　住人の話は聞けましたか」

「はい。二軒隣の、高齢の女性から」と虎姫が声を潜める。「長浜さんは近隣住民との付き合いを断っていたようです。ほとんど外に出なかったようですし、挨拶をしても無視を決め込んでいたという話でした。訪ねてくる人間もいなかったみたいですね」

「やはり、という感じですね」

そう呟いた時、近づいてくる足音がした。

振り返ると、太った男がこちらに歩いてくるのが見えた。身長はせいぜい一七〇センチ程度だろうが、顎のたるみや腹の突き出し具合からすると、体重は一〇〇キロを軽く超えているはずだ。頬の肉が盛り上がっているせいで、目が細くなってしまっている。

十二月だというのに、男は半袖のTシャツ姿だった。Tシャツには、日曜日の朝に放送されている、女児向けアニメのキャラクターがプリントされていた。

遊馬たちを横目で見ながら、男が間近を通り過ぎていく。息遣いが荒い。汗臭い匂いが鼻をついた。

「あの、すみません。紅森署の者ですが」と遊馬は男に声を掛けた。

「……はい？」と男が不審そうに振り返る。

「長浜さんのお宅の裏手にお住まいの方ですよね。長浜さんのことを伺えればと思うのですが」

「……別に、話すことは何もないです。知り合いでも何でもないんで」

例の少年めいた声で答え、男は足早に去っていった。

男が角を曲がったところで、虎姫が「うう……」ともどかしそうに体を揺すり始めた。例のアレルギー症状だ。

「あの、よかったら掻きましょうか」と遊馬は右手を差し出した。

「い、いいえ、そんな、申し訳ないです！」

虎姫は激しく首を振ると、その場で屈伸を始めた。何度かそれを繰り返し、虎姫は大きく息を吐き出した。

「もう大丈夫です。落ち着きました」

ぎこちない笑みを浮かべる彼女を見て、ふと閃いた。

「もうすぐクリスマスですし、プレゼントしますよ。折り畳めて簡単に持ち運べる孫の手を」と遊馬は思いついたことを口にした。

「え、い、いいんですか？」

「少しは楽になるかなって……余計なおせっかいですかね？」

「いえ、嬉しいです。私も何か準備しておきます」と虎姫が微笑む。「あ、そうだ。せっかくだからプレゼント交換会をしませんか。天羽博士も誘って」

「あ、えっと、それは……」と遊馬は頭を掻いた。

「博士とお会いすることができれば、それが私にとって何よりのプレゼントになるのですが。いかがでしょうか！」

虎姫が目を見開きながら詰め寄ってくる。一二〇パーセント本気の目だ。その勢いに押され、「わ、分かりました」と遊馬は頷いた。「本人に提案してみます」

「絶対ですよ？」

「ええ、約束します。ただ、相手が首を縦に振るとは限りませんが」

「それでも構いません」と言って、虎姫は拳を握り締めた。「当然ですけど、この事件を解決しなきゃパーティどころじゃないですからね。頑張りましょう！」

　虎姫が力強く歩き出す。やる気が背中から立ち上っているのが見えるような、意気揚々とした足取りだ。

「……余計な約束したかな」と遊馬は呟いた。パーティに誘っても、静也はまず間違いなくノーと言うだろう。

　断られたことを、どう虎姫に伝えればいいのだろう。孫の手にプラスして、お詫《わ》びの菓子折りでも渡した方がいいだろうか。

　そんなことを考えながら、遊馬は聞き込みに向かうべくその場を離れた。

6

　十二月二十四日、午後五時。遊馬は雑務を終え、紅森署の正面ロビーに降りた。

　辺りを見回すと、スーツ姿の男性が自販機の前に立っていた。年齢は三十代後半。面長で若干顎が前に突き出している。三日月形と言えばいいだろうか。じっと自販機のラインナップを見つめるその目は真剣そのもので、遊馬は居合い斬《ぎ》りの達人を連想した。

男性に近づき、「初めまして」と遊馬は声を掛けた。「刑事課の桃田です」

「ああ、どうも。警備部公安課の三条《さんじよう》です」

男性がこちらを向き、軽く会釈をした。彼は紅森署ではなく、県警の人間だ。「公共の安全と秩序の維持」が公安課の活動目的で、政治団体や宗教団体などを調査対象に、安全を脅かすような動きがないかどうかを監視している。その対象の中には、紅森市で活発に活動しているレッド・エンジェルも含まれている。

長浜についてレッド・エンジェル関係者に聞き込みを行う方針が決定されたのは、昨日のことだ。元々は紅森署の刑事だけで対応するつもりだったが、県警の公安課から待ったが掛かった。「新興宗教の施設への立ち入りは自分たちの管轄であり、同行する義務がある」というのが公安課の主張で、高月課長はそれを受け入れることを決めた。どうやら公安課に知り合いがいるらしく、断りきれなかったようだ。

「ところで桃田さん。この自販機の炭酸、飲んだことはありますか」

自販機に目を戻し、三条が訊く。

「あ、いえ、自分はもっぱらコーヒーだけです」

「そうですか。私は炭酸マニアでして。ここの自販機は、かなりマイナーなメーカーのものですね。見たことのない炭酸飲料が販売されています」

「へえ、そうなんですか」

サファイア・コーラに、スプラッシュメロン、イエロー&イエロー……。言われてみれば、確かに他では見たことのない商品ばかりだった。

「私も飲んだことのないものばかりです。出先ですし、自重しようかと思いましたが、我慢できそうにありません」三条は真顔でそう語り、ポケットから五百円玉を取り出すと、三種類の炭酸飲料すべてをためらいなく購入した。「お恥ずかしいところを……。失礼しました」

「いえ、全然問題ないですよ。じゃあ行きましょうか」

今回は三条が乗ってきた捜査車両に同乗することになっている。署を出て、遊馬は黒のセダンの助手席に座った。

署の敷地を出てすぐ、「すみませんね、そちらの仕事に横槍《よこやり》を入れてしまって」と三条が謝罪した。「上の者の判断でして」

「警察全体としての決定ですから、自分は異論はありません」と遊馬は言った。様々な部署を抱える警察組織には、部署間のパワーバランスというものが存在する。その駆け引きの末に決まったことに文句を言うつもりはなかった。

「でもね、そちらにとっても悪い話ではないと思うんですよ」とハンドルを軽快に操りながら三条が言う。「レッド・エンジェルの本部には何度か足を運んでますし、教祖とも顔見知りですから。被害者の情報を最大限に引き出せると思いますよ」

「え、そうなんですか？　意外です。てっきり隠密《おんみつ》行動をしているとばかり……」

「こそこそ調べるにも限界はあります。それよりは、面と向かい合う方が得られる情報は多いでしょう。よからぬことを企《たくら》んでいれば、それが表情に出ることもあります。もちろん、なあなあの関係になってはいけませんけどね」

「なるほど、いろいろなテクニックがあるわけですね。ちなみにレッド・エンジェルは、急進か穏健かで言えばどちらでしょうか」

遊馬の問いに、「穏健な団体ですね」と三条は即答した。

「彼らの『天使が自分たちを救う』という主張には、積極的に世の中を変えようというニュアンスはありません。テロを起こしてどうこう、といった危険思想は持っていないようです。今のところは、ですけどね」

「殺人に手を染めることもないと？」

「可能性は薄いでしょうね。裏で危険なことをやってるという話は出てません。辞めたくなれば普通に抜けられますし、老人をターゲットにお布施を掻き集めてるという感じでもないです。少しずつ着実に人気が出てきてる団体ですよ」

三条は淡々とそう語り、「ところで」と遊馬を横目で見た。「桃田さんとコンビを組んでいる女性の方も同行すると伺っていましたが、今日は別行動ですか」

「いいえ、体調不良で取り止めになりました」

虎姫は風邪で仕事を休んでいる。本人は出勤すると主張していたようだが、「他の人間に移されたら捜査に支障が出る」ということで、高月に自宅待機を命じられた。伝え聞くところによると、彼女は静也へのプレゼントにマフラーを編もうとしていたようだ。それで夜更かしをして体調を崩したらしい。静也への憧《あこが》れを隠そうとしない彼女も、さすがにそのことは反省していた。とりあえず、今年のプレゼント交換会は見送りになるだろう。

しばらく車を走らせたところで、「ああ、そうそう」と三条が口を開いた。「公安の他の者から、ちょっとした情報提供がありまして」

「情報提供と言いますと？」

「被害者の自宅の裏に、こちらでマークしている男が住んでいるんですよ。敦賀大夢《つるがひろむ》というんですがね。太ったアニメ好きの大学生です」

「ああ、あの……」遊馬は先日、長浜の自宅で見かけた男を思い出した。少年のような声と、それと正反対の容姿を持つ、アンバランスの極致のような男だ。「どうしてマークを？」

「ネットへの書き込みです。敦賀は大学で周囲となじめずに孤立していたようで、そのことへの恨みをネットの掲示板に書き込んでいます。〈あいつらを殺してやる〉という物騒なフレーズと共に、です。そういう発言はチェックしてるんですよ。不満を募らせて、無関係な市民相手にテロを起こす連中もいますからね。敦賀は今のところは家に籠っているだけのようですが」

「……彼が事件に関わっていると？」

「どうですかね。無関係な隣人を襲って鬱憤を晴らすほど暴走はしていないと思いますが……。まあ参考程度にお考えください」

そんな話をしているうちに、車は山道へと差し掛かっていた。

曲がりくねった道を上がっていくと、平坦《へいたん》な場所に出た。まっすぐな道の先に見えるのは、高さ二メートルほどの真っ白な塀だ。

行く手を遮るように左右に広がる塀の途中に、トーテムポールのような白い巨大な門柱が二本、並んで立っている。そこが入口のようだ。

門に近づいていくと、中から赤いローブを着た二人組が現れた。目深にかぶったフードで顔を隠している。まるで魔法使いだ。

運転席の窓を開け、三条が顔を出す。

「どうも。話は通してあるはずですが」

彼がそう言うと、二人組は頷いてすぐに後方に下がった。事前に来訪することを伝えてあったようだ。

敷地に入ってすぐのところに、砂利を敷き詰めた簡易駐車場があった。そこに停車し、三条と共に車を降りる。遊馬は周囲を見回した。舗装されていない黄色っぽい地面に、仮設住宅のようなプレハブが建ち並んでいる。

「ここは元々、ホテルの建設予定地だったんですよ」と三条。「整地はしたものの、五年前に計画は中止されましてね。そこをレッド・エンジェルが買い取ったわけです」

「ここに信者が集まっているんですか？」

「そうですね。教祖も一般信者も、全員が同じプレハブで修行をしているようです」

「修行というのは？」

「議論ですよ。天使について理解を深めるために、車座を組んで話し合うんです。肉体ではなく精神を鍛えるというのが彼らの思想らしいですね」

そう解説し、三条が歩き出す。

彼が向かったのは、敷地の奥にある赤い屋根のプレハブ住宅だった。その隣には、コンクリート打ち放しの二階建ての建物が並んでいる。

プレハブに近づき、軽くドアをノックする。すると、赤いローブをまとった女性が現れた。眉の薄いその顔には見覚えがあった。レッド・エンジェルの教祖、紅月千代子だった。

「ああ、三条さん。ご無沙汰《ぶさた》しています」と彼女が微笑を浮かべる。

「どうもどうも。お元気そうで何よりです。こちらは紅森署の桃田刑事です」

三条が遊馬を紹介してくれる。遊馬は「初めまして」と一礼した。

「経緯は伺いました。長浜さんのことを聞きたいそうですね。狭いところですが、どうぞお入りください」

彼女に促され、中へと足を踏み入れる。広さは十帖ほどか。床には赤いカーペットが敷かれ、同じ色合いのクッションが円を描くように並べられている。他には小さな照明とエアコンがあるだけで、家具や電化製品の類いは見当たらない。

「殺風景でしょう？　でも、私たちにはこれで充分なんです。さあ、お好きなところにどうぞ」

「では、失礼して」

三条が慣れた様子で入口近くのクッションに座る。彼にならい、遊馬はその隣に腰を下ろした。

「上座、下座という概念はここには存在しません」

そう言って、紅月は部屋の奥側に座った。あぐらを組んだ姿勢は美しい。背筋がぴんと伸びているのに、力は抜けている。

「長浜さんは亡くなられたのでしょうか」

紅月が遊馬の目をじっと見つめながら訊いてくる。遊馬はその視線を受け止めつつ、

「まだ確証はありませんが、おそらくは」と答えた。

「そうですか。とても残念です。病と闘う彼の姿は、信者たちにとって模範となるものだったのですが」

「彼が癌を患っていたことをご存じだったのですね」

「ええ。初めてお会いした時に、すべてを正直に語ってくださいました」

「長浜さんはこちらに滞在されていたのですか？」

「いえ」と紅月が静かに首を振る。「彼が本部に足を運んだのは二度だけです。一度目は入信のための面接。二度目は資料の確認のためです。彼は私たちの保管している資料を読むために入信したのです」

「資料？」

遊馬が首をひねると、「隣に、新しくて立派な建物があったでしょう」と三条が口を開いた。「あそこはいわば図書館でしてね。教団の保有している資料はすべてあそこで管理されているんです」

「その通りです。宗教に関する書籍や民間伝承、天使に関する研究など、様々な資料が保管されています。持ち出しは禁止していますが、信者は自由にそれらを閲覧でき、教義に関する理解を深めることができます」

「そちらを拝見することは可能でしょうか」

そう頼むと、紅月は柔らかく微笑んだ。

「私が付き添わせていただきますが、それでもよろしければお好きなだけどうぞ」

紅月の許可が得られたので、遊馬はさっそく図書館を見に行くことにした。

図書館の入口はカードロックになっていた。紅月がスリットにカードを差し込むとドアが開き、自動でぱっと明かりがついた。

高さが二メートル半はある大型の書棚が、出入口に側面を向ける形で八列ほど並んでいる。奥に向かってずっと書棚は続いており、すべての段にみっしりと本が詰まっていた。おそらく、全部合わせると数万冊はあるだろう。空調が効いているので寒くはない。空気清浄機も作動しているようで、インク臭さやかび臭さといった、大量の本がある場所に特有の匂いは感じない。ほとんど無臭だ。

「長浜さんは二階に籠っていました。そちらにご案内します」

紅月が、コンクリート製の階段を上がっていく。二階も一階とほぼ同じ造りだが、書棚には空きが目立つ。新たに購入した本はこちらに収めるのだろう。

「彼が何の本を読んでいたのか分かりますか？」

「検索用の端末があります。長浜さんがこちらに立ち寄った日時は分かりますので、履歴を調べてみましょう」

隅に置かれた小さなテーブルに、ノートパソコンが載っていた。紅月はそれを手早く操作し、画面に検索履歴を呼び出した。

「いま調べた限りだと、この日に検索機能を使ったのは長浜さんだけのようです」

そう言って紅月が椅子から立ち上がる。

遊馬は彼女と交替で椅子に座り、画面に目を向けた。そこには〈不死〉〈永遠の命〉〈復活〉といったキーワードと、その検索結果が表示されていた。全部で二十冊程度の本がヒットしている。

脇から画面を覗いていた三条が、「ふむ」と呟く。「長浜さんは、癌への対抗策を探そうとしていたようですね」

「そうみたいですね。中身を拝見しても構いませんか」

「ええ、どうぞ。こちらです」と紅月は頷き、遊馬を書棚の前へと案内した。「ヒットした本はすべてこの棚にあります」

彼女が書棚に手を伸ばし、該当する本を手前に引き出した。

手袋をしてから、そのうちの一冊を手に取る。黒い表紙に金で箔押《はく》しされたタイトルは、〈紅森市の吸血鬼伝説〉だった。出版社名がない。どうやら、個人が作成したもののようだ。

本を開き、適当にめくってみる。江戸時代に起きた藩主による吸血鬼狩り。明治時代に自分の屋敷に数十人の女性を住まわせ血を吸っていた吸血鬼。昭和初期に現れた女性吸血鬼……本には、吸血鬼に関するエピソードがいくつもまとめられていた。

どれも眉唾ものだろうと思いながら読み進めるうち、遊馬はあるページに違和感を覚えた。

本を机に置いてみると、自然とそのページが開いた。開き癖が付いているのだ。つまり、このページが熱心に読まれたことが分かる。

そこには、〈運命の血〉という単語に関する解説が書かれていた。著者によれば、それは吸血鬼の若さを保つために必要な血液なのだという。それを定期的に摂取することで、吸血鬼は老いることも病に罹ることもなくなるらしい。万能薬を連想させる用語だったため、末期癌に冒されていた長浜が興味を示したのかもしれない。

他の本も確認してみたが、長浜の行方に繋がりそうなヒントは見当たらなかった。

しかし、これは数少ない手掛かりだ。

「すみません、紅月さん。これらの本を持ち帰って調べてみたいのですが」

「コピーではいけませんか?」

「ええ。できれば原本がありがたいですね。指紋などから読んでいたページが分かる可能性がありますので」

「うーん、原理原則として、持ち出しは禁じているのですが」

紅月がほとんど見えない眉をひそめる。教祖として譲れない一線があるのだろう。

と、そこで三条が遊馬と紅月の間に割って入った。

「まあまあ、ここは私の顔に免じてなんとか許してもらえませんかね」

「しかし、信者に示しが付きませんからね」

難色を示す紅月に、「無論、タダとは言いません」と三条が揉み手をしつつ近づく。

「バラバラ殺人の犠牲者がこちらの教団と関わっていた件、マスコミに情報が流れないように手を打ちます。その代わりに、捜査に協力してもらえませんか？」

「できるんですか？　そんなこと」

「ええ。持ちつ持たれつということで」

「分かりました。ただし、信者たちに余計な労苦は掛けたくありません。貸出依頼はすべて私を通していただけますか」

「いかがですか、桃田さん」

三条に訊かれ、遊馬は「あ、はい、そうします」と頷いた。

無事に協力の承諾を取り付け、遊馬たちは図書館をあとにした。

駐車場へと向かいながら、「すみません、お手数お掛けしました」と遊馬は三条に声を掛けた。

「ん？　ああ、いいんです。あの程度のことは。恩を売るのが自分の仕事みたいなものですから。何かあった時には、そちらに取り立てに行きますよ」

三条の口元は笑っていたが、目は真剣だった。微かな寒気を覚えつつ、遊馬は彼と共に再び捜査車両に乗り込んだ。

教団の敷地を出たところで、遊馬は鑑識係の墨染に電話を掛けた。本を調べるための人員を割けるかどうか、確かめておかねばならない。

すぐに電話が繋がり、「よう、どうした」と墨染の声が聞こえてきた。

「長浜さんが立ち寄った場所が分かりました。レッド・エンジェルという新興宗教が所有している図書館なのですが、こちらに人を回す余裕はありそうですか？」

「うん、まあなんとかやりくりできると思う」

「では、高月課長に報告して、正式に指示を出してもらうようにします」

「了解だ。ああ、それとな、実はこっちからも桃田に頼みたいことがあるんだ。実は、長浜さんの自宅を調べたら、台所の流しから微量の血痕が見つかってな。量が少なかったから、また天羽博士に鑑定をお願いしたいんだ。話を通しておいてくれるか」

「分かりました。早急に対応します」と答えて、遊馬は通話を終わらせた。

「――ちょっと名前が聞こえたんですが、天羽博士というのは、ヴァンパイアと呼ばれている方のことですか」

運転席から三条が訊いてくる。

「天羽のことを知っているんですか」

「県警の科捜研の連中から聞きました。血液の分析のスペシャリストで、大きな屋敷に住んでいるとか何とか……お知り合いなんですか？」

「ええ、友人です」

「そうですか。県警の方からもサンプル分析を依頼することはできますかね？」

「可能でしょう。ただし、彼の機嫌を損ねなければ、ですが。彼は『ヴァンパイア』と呼ばれることを何より嫌っています。科捜研の方にはそうお伝えください」

遊馬がそう言うと、三条は神妙に「了解です」と頷いた。

遊馬の静かな怒りを感じ取ったのか、その後、三条は紅森署に着くまでほとんど口を開こうとしなかった。

7

それから三日後の午後二時過ぎ。曇り空の下、遊馬は助手席の静也と共に彼の屋敷を出発した。

何かが飛び出してきそうな薄暗い道を走りながら、「お前が出したデータ、裏付けが取れたよ」と遊馬は言った。

「長浜さんのパソコンの解析をやったのかい？　ずいぶん早いね」

「押収した直後から進めてたんだ。重要な情報源だからな。無事にパスワードの解析が済んで、メールの履歴を見たら、海外のサイトからの発送の連絡が残ってた」

「そうか。今は一般人でもそんなものが買えるんだね」

静也が神妙にそう呟く。

「俺も驚いたよ」と遊馬はため息をついた。「……まさか、本当に子供の血液だったなんてな」

長浜の自宅で見つかった血痕の分析が終わったのは昨日だ。その結果を聞いた時、遊馬は思わず「なんでそんなものが？」と声を上げてしまった。

血液は十二歳前後の男児のもので、遺伝子の構成からは東南アジア系と推測される——それが、静也が出した結論だった。

静也の分析技術は信頼しているが、その結果はあまりに突拍子もなかった。何か手違いがあったのでは、とサンプルを採取した鑑識係の職員を疑ったほどだ。だが、メールの履歴から分析が正しかったことが見事に証明された。

「非合法なルートで販売されているわけじゃないよね？」

「ああ、実験用として売られているものだ。違法性はない」と遊馬は頷いた。「まあ、長浜さんは購入時に〈大学関係者〉と身分を詐称してたけどな」

「身分証明書の確認もなしに売ってる方にも問題があるね」

「まあ、その辺のことは今はいい。俺たちが関心を持ってるのは、なぜそんなものを手に入れようとしたか、だよ」

そこで遊馬はちらりと隣を見た。静也は愛用の黒衣を膝に載せ、フロントガラスをじっと見つめていた。

遊馬は昨日の夜に、分析結果を聞くために静也の屋敷を訪れた。得られたデータの説明を終え、「どういうことだ？」と困惑する遊馬に、静也はこう言った。

――できれば、自分の目で現場を見てみたい。

彼はその理由を語ろうとはしなかった。だが、その眼差しは寒気がするほど真剣で、遊馬は事情を訊かずにただ、「分かった。じゃあ明日な」と答えたのだった。

そして今日。こうして長浜の自宅に向かっている今も、静也は現場に足を運ぶ理由を未だに明かしていない。

普段との違いに、もちろん遊馬は気づいている。静也は基本的に、はっきりとした確証が得られるまでは考えていることを話そうとはしない。それが科学者として正しい姿勢だと考えているのだろう。

しかし、今回に関してはその慎重さとは違う、強い決意を感じる。どうしても自分の手で決定的な証拠を摑みたい。そんな気配が感じられるのだ。少なくとも、今回の事件に対して何か思うところがあるのは間違いないだろう。他人に言えないような、個人的な事柄が絡んでいるのでは、と遊馬は推測していた。

ただ、根掘り葉掘り訊き出そうというつもりはない。言うべき時が来れば、きっと静也はきちんと話してくれるだろう。長い付き合いだから分かる。静也はそういう人間だ。


三十分ほど車を走らせ、遊馬たちは長浜の自宅へとやってきた。

すでに鑑識によって家の隅々まで調べ尽くされているが、念のためにシューズカバーを履き、手袋を身につける。それプラス、静也は黒衣を羽織った。現場への立ち入りも実験の延長だと考えているのかもしれない。

「どこから調べる？」

「まず、血痕が見つかった流し台を見たいね」

「分かった。台所はこっちだ」

手前のドアを開ける。台所は狭いので、遊馬は廊下で待機することにした。

静也は流し台に近づき、水垢の残るステンレスを見つめた。

「血痕はへりの部分に付着していたそうだ」

「ふうん、そうか。排水口や底面は調べたのかな」

「ああ。ルミノール反応は出なかった」

「つまり、血を洗い流したわけじゃないんだね。……となると、別の容器に移し替える時に血をこぼしたんだろうな」

「別の容器？」

「購入した時、血液は輸血に使うようなポリ塩化ビニルのバッグに入っていたと思うんだ。ちなみに買った量はどのくらいかな」

「二〇〇ミリリットルだな。一回でその量を買っている。メールの履歴を見る限り、取引はその一回限りのようだ」

「そのくらいの量か……なるほどね」

　静也は無感情にそう言い、冷蔵庫のドアを開けた。そこにはまだ、健康マニアが好むような飲料がたくさん入っている。

「すごいね、これは。見たこともない飲み物ばかりだ」

「それだけ癌を治そうと必死だったんだろう」

「そうみたいだね。……うん、ここはもういいかな。別の部屋に行こう。家の中に本棚はあるかい？」

「ああ、隣だよ。そこのふすまの向こうだ」

「元々あった本は全部残ってるかな？」

「中身をチェックして戻してある。持ち出しはないよ」

了解、と軽く頷いて静也が隣室に向かう。

本棚の前に立ち、静也は上から下までじっくりと背表紙を確認する。そして、青い背表紙のリングバインダーを手に取った。すでに、そこに綴じられたルーズリーフの文字が長浜の直筆であることは確定している。

バインダーを開き、静也はゆっくりと一ページずつめくっていく。その眼差しは鋭い。どんな些細な手掛かりも見逃すまいという、強い意志が感じられる。

とても声を掛けられる雰囲気ではなかった。遊馬は口を閉ざし、じっと静也の横顔を見つめ続けた。

十五分ほどが経った時、「……これだね、たぶん」と静也が呟いた。

「何か見つけたのか」

静也は黙ってバインダーを差し出してきた。五ミリ角の几帳面な文字が、隙間を消し去ろうとするかのような密度で並んでいる。

そのページを目にした瞬間、ある単語に視線が吸い寄せられた。〈運命の血〉――。

それは、レッド・エンジェルの図書館にあった資料に載っていた言葉だった。

「確認なんだけど、長浜さんが海外から血液を購入したのは、レッド・エンジェルの図書館を訪れたあとだよね？」

「……ああ。その通りだ」

「彼はこの〈運命の血〉に着目したんだと思う。それについての考察もある」

「図書館にあった資料は俺もざっと見たよ。それって、吸血鬼が若さを保つために摂取すると言われてる血のことだろ？」

「それは一つの解釈にすぎないよ。彼の考察を読んでみて」

静也に促され、遊馬は再びルーズリーフに目を落とした。

〈若さを保つために若さを取り入れる、というのは理に適《かな》っている。若い細胞が古い細胞を駆逐し、生命力を蘇らせるのだろう。それは癌細胞に対しても有力であるはずだ。私にはその確信がある。では、それをどう手に入れるか。問題はそこだ〉

長浜の残したメモにはそう書いてあった。

「……若い細胞って、まさか」

「長浜さんは〈運命の血〉というキーワードを自分なりに解釈し、それは若者の血液なのではないか、という結論にたどり着いたんだ。だから、海外から少年の血液を輸入し、それを摂取した」

「摂取って……」

「コップか何かに移して飲んだんだ。流し台にだけ血痕が残っていたことがそれを示唆している」

「の、飲む!?　飲むってそんな、何の意味が……」

「落ち着いて」と静也が遊馬の二の腕を軽く叩く。「意味があるかないかなんて関係ないよ。彼は生きるために必死だったんだ。正常な精神状態ではなかった。普通の人間ならやらないことに手を出してもおかしくない」

「……にしても、血を飲むってのはな」

静也の推理を耳にした時、コップに入った真っ赤な液体が思い浮かんだ。動揺が収まっても、そのイメージは消えずにぼんやりと頭に残っている。

と、そこで遊馬は静也が沈んだ表情をしていることに気づいた。眉間にしわを浮かべ、足元の畳に目を落としている。冷静に振る舞っていたものの、やはり彼も自分の推理が炙《あぶ》り出した事実に嫌悪感を覚えているのだろう、と遊馬は思った。

「とにかく、コップを調べればお前の推理は裏付けられるな」

声を掛けると、ハッと顔を上げ、「そうだね」と静也はぎこちなく笑った。「ただ、これで事件が解決したわけじゃない」

「……確かにそうだな」

遊馬は吐息を落とした。血痕の正体は判明したものの、それで長浜の安否がはっきりしたわけでも、行方が分かったわけでもない。もちろん、手首を川に流した犯人も不明なままだ。

「ここから先は推測になる」難しい顔で静也が言う。「長浜さんは購入した血液を摂取した。しかし、当たり前だけど効果は出なかった。だけど、彼が再び血液を買おうとした様子はない」

「つまり、癌を治すことを諦めた……？」

「どうかな。ここまで生に執着し、自分の理論にこだわった人が、そう簡単に命を投げ出すとは思えない。きっと彼は次の手を考えたはずだ」

静也はそう言って、ゆっくりとこたつの周囲を一周した。

彼が元の位置に戻ったところで、「お前ならどうする？」と遊馬は尋ねた。

「その前置きはやめてもらいたいな」と静也が遊馬を軽く睨む。「『僕が』じゃない。『彼が』どう考えたかが大事なんだ。推理に僕のパーソナリティを持ち込む必要はないじゃないか」

「……ああ、そうだな。すまない」

思いがけない反論に、遊馬は素直に謝罪した。静也に不快感を与えるつもりはなかった。単純な言葉の選択ミスだった。

静也は嘆息し、「あくまで今までの長浜さんの行動から推測するよ」といつもの落ち着いた口調で言った。

「彼はレッド・エンジェルの図書館には一度しか足を運んでいない。購入した血液の効果がなかったのに、新たな情報を手に入れようとはしなかった。それはつまり、自分の構築した理論を捨ててはいなかったってことじゃないかな」

「理論っていうのは、運命の血のことだな」

「……そう。彼はその概念自体はまだ信じていた。おそらく、問題は別のところにあると考えたんだ。その問題とは何か？　僕は血液の鮮度じゃないかと思う」

「鮮度……」

「購入できる血液は、採取から一定の時間が経過している。それでは効果が薄いんじゃないかと考えた。だから、少年少女の新鮮な血を求めた」

「そんなの、どうやって手に入れるんだ？」

「一つ、確実な方法があるよ。それは……」

静也がその先を口にしようとした時、外から「――しつこいなっ！」と叫ぶ高い声が聞こえた。

「……今のは」

「裏に住んでる男の声だ。子供みたいに聞こえるけど、立派な大人だよ」と遊馬は説明した。

「……声、よく聞こえるね」

静也はそう呟き、「確かめてみようか」と声の方向を指差した。遠くを眺めるような目に、口元の微かな笑み……。静也のその表情は、これまでにも何度か目にした、閃きの訪れのサインだった。

8

ぜー、ぜー、と耳障りな音が聞こえる。

苛立ちで荒くなった呼吸がうるさい。敦賀大夢はその音が大嫌いだった。

壁の掛け時計を見る。母親と電話で口喧嘩《くちげんか》を始めてから、もう二十分近くが経過していた。

「何回も言わせないで」母親が苛立ちを露《あら》わにしながら言う。「あんた、ずっと大学に行ってないでしょ！」

「行ってるよ」

「嘘。行ってない」

なぜ、こんな無駄な時間を過ごさなければならないのか。怒りのままに足元のクッションを蹴飛《けと》ばし、「だから、行ってるってば！」と敦賀はスマートフォンに向かって怒鳴った。

「こっちは全部知ってるのよ！」電話の向こうの母親が大声を返してくる。「探偵に依頼して、あんたのことを調べさせたの。そうしたら、全然大学に行ってないって調査結果が返ってきたの！」

「な、なんでそんなことするんだよ！」

「はあ？　あんたの言い分が信じられないからに決まってるでしょうが！　学費がもったいないから、行く気がないんなら大学なんて辞めなさい！」

「……辞めて、どうしろって言うんだよ」

口を尖らせながら尋ねると、母親は囁くようにこう言った。

「実家《ウチ》に戻ればいいじゃない。あんたが使ってた部屋、今でもそのままにしてるから。しばらくのんびりしながら、やりたいことを探せばいいわ」

急に母親の声のトーンが落ち着いたものに変わった。敦賀は知らず知らずのうちに指先に込めていた力を緩めた。

「……母ちゃん」

「あたしはね、あんたを大学に行かせることに反対だったんだよ。そりゃ、紅森大に受かったことは嬉しかったよ。だけど、中学、高校とずっとあんたは友達の一人も作れなかった。地元でさえそんなだったんだから、離れた土地でうまくやっていくのは相当難しいと思ってた。……それでも、あんたに独り立ちしてほしくて、『戻ってこい』とは言わないようにしてたの。こうして時々電話で小言を言うくらいにしてた。あんたはいつも口ばっかりだったけど、やる気はまだ感じられたしね」

でも、と母親は切ない声で続ける。

「この間から、あんたの様子が少し変わった気がしたの。言い返してくる声に張りがないし、妙に電話を引き延ばしたがってたしね……。何か、嫌なことでもあったんじゃないのかい」

「それは……」

敦賀はぐっと息を呑んだ。恐ろしいほどの勘の鋭さだった。ただでさえろくでもなかった人生の中でも、最悪の事態。それが敦賀の身に降りかかってきた。

ピンチは回避したつもりだ。だが、すべてが終わった今も、敦賀は悪夢にうなされる日々を過ごしている。

――もう、限界なのかもな……。

敦賀は自分を縛っていた緊張の糸が緩むのを感じた。

大学に行くのは怖い。ただ、それは今までとは違う意味を持っていた。同級生があの事件と自分を繋げて考えるかもしれない。彼らの通報でやってきた警察が、自分を無理やり連行するかもしれない。そんな未来が、ひどくリアルに感じられるのだ。

一人きりだから余計なことを考えてしまう。紅森市を抜け出し、家族のところに戻れば、少なくとも自分を悩ませている妄想からは解放されるはずだ。

「……分かったよ、母ちゃん。そっちに帰るよ」

敦賀がそう言うと、「そうかい。そうしな」と母親はホッとした声で言った。「手続きはこっちでやろうか？」

「いや、そのくらいはやるよ。とりあえず、年末までに一回戻るから」

そう伝えて敦賀は通話を終わらせた。

大きく息をつき、敷きっぱなしの布団に横になった。

いつ見ても薄汚い天井だな、と思う。

築六十年。薄い壁は断熱性も遮音性も皆無で、歩けば床はひどくきしむ。この古い一軒家は、元々は母親の伯母の家だ。一人暮らしをしていた彼女が介護施設に入り、空き家となったため、今は敦賀が住んでいる。

「……ここを借りたことが、そもそもの間違いだったんだよな」

敦賀はぽつりと呟き、目を閉じた。

その時、階下からチャイムの音が聞こえてきた。続けて、「すみません、紅森署の者ですが」とこちらを呼ぶ声がする。

心臓が激しく高鳴り始める。

妄想が現実になってしまったのか——？

いや、まだだ。敦賀は首を振って布団に潜り込んだ。ただ話を聞きに来ただけだ。今までにも何度かあった。いちいち出て行く必要はない。無視を決め込んでいればそのうち諦めるだろう。

「いらっしゃいますよね？　電話の声が聞こえていましたよ」

刑事と思しき男が、爽やかな声で呼び掛けてくる。布団の中で敦賀は舌打ちをした。気をつけているつもりだったが、また外に聞こえる声で喋ってしまっていたようだ。無駄に大きなこの声は母親譲りだ。普段は抑えられても、母親と通話していると釣られて大声になってしまう。

悩んだ末に、敦賀は布団から抜け出した。居留守を使えば、相手に不審を抱かせかねない。素知らぬ顔で適当なことを言って、さっさと帰ってもらう方がいい。

階段を降り、玄関に向かう。

鍵を外し、立て付けの悪いガラス戸を引き開ける。そこにいた二人組を見て、敦賀は「えっ」と思わず声を上げていた。スーツを着た、いかにも運動神経のよさそうながたいのいい男の隣に、真っ黒な実験着を羽織った色白の男が立っていたからだ。

「どうも。紅森署・刑事課の桃田です。こちらは捜査に協力をいただいている、天羽博士です」

桃田に紹介され、天羽と呼ばれた黒衣の男が小さく会釈をする。その間もずっと、彼は敦賀の顔を観察していた。

「今、長浜さんの自宅を見てきました」天羽が風鈴を思わせる、澄んだ声で言った。

「こちらのお宅との間に、ブロック塀がありますね」

「そのブロック塀の上部には苔が生えているんですが、その一部がえぐれているんですよ。どうやら、何者かが塀を乗り越えたらしいんです」

「あ、はい……」

「そんな、僕は何もしてませんが」

反射的にそう叫ぶと、「私はまだ何も言っていません!」と天羽が鋭い視線を敦賀に向けた。

「い、いや、だってこっちを疑うようなことを言うから……」

「えぐれ方を見れば、どういう向きに力が掛かったかは分かります。ブロック塀に残された痕跡は、何者かが長浜さんの自宅からあなたの家の敷地へと移動したことを示しています。しかし、逆向きの移動の痕跡はありません。一方通行なんです。また、両隣の家の裏庭との間にあるブロック塀には、そもそも人が乗り越えた形跡はありませんでした」

天羽はそう言うと、黒衣のポケットから真っ黒なスマートフォンを取り出した。

「お宅の左右の外壁を撮影しました。どちらも、隣家との隙間は四〇センチほどしかありません。人が通り抜けていれば、壁に擦《こす》れた痕が残るはずです。しかし、そういった痕跡は見当たりません。ということは、ブロック塀を越えた侵入者は、あなたの家を通らない限りどこにも行けないことになります」

天羽が冷徹な視線を向けてくる。その険しさに、敦賀は反射的に頷いていた。

「その人物が、長浜さんの失踪《しっそう》に関わっている可能性は充分にあると思われます。ですから、この家の中を調べさせていただけませんか。指紋や毛髪など、重要な手掛かりが見つかるかもしれません」

「そ、それは困りますよ。ここは借家です」

天羽の視線に耐えかねて、敦賀は桃田の方に顔を向けた。彼は悠然と頷き、「大家さんへの許可はこちらで取りましょう」と言った。「それでよろしいですね？」

「……いや、でも」

「承服できない、ということのようですね。しかし、抵抗しても最終的には捜索は行われると思います。警察は天羽博士の推理に強い関心を持っています」

「……推理？」

オウム返しに呟き、敦賀は恐る恐る天羽の表情を窺った。

彼はふっと息をつき、「長浜さんは、若者の血を求めていました。それを飲めば、自分の病気が治ると信じていたからです」と言った。

「血を……？」

「おそらく、ブロック塀を乗り越えたのは長浜さん本人でしょう。彼はここに越してきてまだ日が浅かった。だから、あなたの声を聞いて、少年が隣に住んでいると勘違いした。そして、短絡的に侵入を試みたのです。子供を襲い、血液を奪うために」

「あ……ああ……」

敦賀はその場に膝を突いた。

頭の中に、包丁を持った男の姿が蘇る。

あの日、敦賀は一階の和室で寝ていた。夜の闇の中、常夜灯のオレンジの光に浮かび上がる男を見て、敦賀は悪夢を見ているのだと思った。

男は敦賀を見下ろしながら困惑していた。「子供はどこだ……?」と怪訝そうにわけの分からないことを呟いていた。

やらなければ殺される。半分眠ったままの頭でそう判断し、敦賀は包丁を奪い取って男を刺した。

そして、血の温かさや匂いを感じ取った瞬間、それが夢ではなく現実だと気づいた。

あとのことは、あまりよく覚えていない。とにかく、目の前に現れた死体を処理することだけを考えた。敦賀は車の免許を持っていない。持ち運ぶために風呂場で遺体を解体し、時間をずらして紅乃川に捨てた。

なぜ自分がこんな不幸に見舞われなければならないのか。遺体の処理を終えてから、敦賀はずっとそのことばかりを考えてきた。

その疑問は、天羽の説明によって氷解した。そして、そのあまりの理不尽さに激しい衝撃を受けた。すべては長浜の勝手な思い込みが招いたことだったのだ。

「ぼ、僕は……悪くない」

床にうずくまり、敦賀は声を絞り出した。

「長浜さんの妄執に巻き込まれたことには同情します。すぐに通報していれば、正当防衛が認められたかもしれませんね」頭上から降る天羽の声が、頭の中に染み込んでいく。「しかし、あなたは選択を間違った。その罪は償う必要があるでしょう」

「お話を伺いたいので、署までご同行願えますか」

しゃがみ込み、桃田が近い位置からそう訊いてくる。その優しい声に、目尻から涙があふれ出す。

「なんでなんだよ……なんで僕ばっかり、こんな目に……」

敦賀は床に拳を叩きつけながら、涙が涸れるまで泣き続けた。

9

「――ああ、あれだな」

レッド・エンジェルの総本部を囲う白い塀が見えたところで、遊馬はそう呟いた。

隣を窺うと、助手席の静也は黙ったままじっと前を見つめていた。

すでに、県警の三条を通じて面会のアポは取ってある。前回と同じように車で中に入り、駐車場に車を停めた。

「ひと気がないね。年末だからかな」

周囲を見回し、静也がぽつりと言う。乾いた地面にプレハブ小屋が並んでいるばかりで、歩いている人間は見当たらない。

「たぶん、関係ないと思う。中で修行してるんだろう。図書館はあっちだ。行こう」

しばらく歩いて行くと、図書館の前に赤いローブを着た人影が見えた。教祖の紅月千代子だった。

「ああ、すみません、外で待っていてくださったんですか」

遊馬が駆け寄ると、「今日は暖かいですから」と紅月は微笑み、静也に視線を向けた。「桃田さんから天羽博士のご高名は伺っております。お会いできて光栄です」

「いえ、こちらこそ。わがままを言ってしまって申し訳ありません」神妙に静也が頭を下げる。「さっそくですが、拝見させていただけますか」

「ええ、もちろん。どうぞ中へ」

彼女の案内で館内へと向かう。人払いをしているのか、中は静まり返っていた。

「少し、見させていただいても構いませんか」と断ってから、静也は書棚の方へと歩き出した。

その様子を眺めていると、「長浜さんのご遺体が発見されたそうですね」と紅月が囁くように言った。

「ええ。緑丘市の海岸に足首が打ち上げられていましたので、船を出して周囲を捜索したところ、複数の部位が見つかりました。残りも引き続き捜索中です」

「緑丘市は長浜さんのご出身地でしたね。不思議な縁を感じますね。……容疑者は自分の行為を認めているのでしょうか」

「はい。取り調べに素直に応じています。母親の存在が大きいようですね。最初は泣き叫んでばかりでしたが、彼女と面会してから、精神状態が安定したみたいです」

「……そうですか。彼にとっての天使は母親なのかもしれませんね」

紅月がそう呟いたところで、静也が戻ってきた。

「ざっと確認させていただきました。かなりの蔵書がありますね。検索システムはどの程度のレベルでしょうか」

「著者名と書名、それと目次の検索が可能になっています」

「そうですか。……それでは、すべてを確認するのは難しいですね」

「いえ、そんなことはありません」と紅月がゆるりと首を振る。「ここにある本は、きちんと目を通した上で私が選んだものだけです。キーワードを挙げていただければ、選び出すことは可能です」

「目を通したって……え？　それだけで？」

首を傾げる遊馬の隣で、「なるほど」と静也は頷いた。

「映像として見たものを記憶する才能がおありのようですね」

「信じていただけますか？」

「安易に見栄を張るような人に教祖が務まるとは思えませんので」

静也はクールにそう応じると、「お願いがあります」と紅月を見つめた。

「伺いましょう」

「運命の血に関する記述がある書籍をすべてお譲りいただけませんか」

「……それは、犯罪の引き金を引く可能性があるからでしょうか」

「そうです。私は個人的に吸血鬼に関する資料を集めています。それは、間違った知識が広まるのを防ぐためです」

静也が吸血鬼について調べている——。長い付き合いだが、その話を聞くのはこれが初めてだった。

紅月はしばらく黙って考えを巡らせてから、「どうして間違っていると分かるのでしょうか？」と質問した。

「……語弊のある言い方でしたね。『間違った』ではなく、『存在しない』がより正確な表現でしょう。ありもしない概念を様々な人間が好き勝手に解釈し、自分の理論として発表し続けています。それが今回の悲劇を招いたと言えるでしょう。その流れを止めるのは容易ではありませんが、放置することはできません。できるところから手を打ちたいと考えています」

「……分かりました。いいでしょう。この図書館内に、『運命の血』という言葉を含む書籍は二十二冊あります。それをすべて天羽さんにお渡しいたします」

「ありがとうございます。代金は定価でお支払いします。もちろん、古書としての付加価値があるものは相応の金額をお支払いします」

「いえ、無償で結構ですわ」と紅月。「事件の責任の一端は私たちにもありますから」

「そうですか。承知しました。では、この場で回収させていただきます」

「こちらで少々お待ちください。お持ちします」

本を入れるためのかごを持ち、紅月が二階へと上がっていく。

その足音が消えたところで、「知らなかったよ」と遊馬は静也に話し掛けた。

「……何がだい？」

「吸血鬼の本を集めてたって話だよ。本当なのか？」

「ああ。でも、僕が始めたことじゃない。祖父……いや、もっと前の代からその手の資料を集めてたらしい。それを引き継いでるだけさ」

「集めて、それでどうするんだ？」

「別に、どうもしないよ」と静也は目を逸らした。「単なるコレクションだよ」

そう答えた彼の声に、遊馬は微かな違和感を感じ取った。

静也は嘘をついている——。

遊馬はそう直感した。だが、それをこの場で問い質《ただ》そうとは思わなかった。隠したい事情があるならそれに触れるべきではない。彼が自分から言い出すまで待つ方がいい——そう思ったわけではない。

理由はもっと単純だった。

視線を外し、書棚の方を見つめる静也の横顔が、とても悲しそうに見えたからだ。

Vampire Detective

第四話

ブラッド・アンド・ファング

――跋扈《ばっこ》するヴァンパイア

1

鼻先にふと冷たいものを感じ、松島瑛士《まつしまえいじ》は空を見上げた。頭上を覆う厚い灰色の雲を背景に、ちらほらと白いものが舞っている。雪だ。

「……寒いと思ったら」

ぽつりと呟き、松島は手に息を吐き掛けた。

午前十一時過ぎの住宅街の路地を、びゅっと強い北風が吹き抜けていく。辺りにひと気はまるでない。

今頃、同僚たちは暖房の効いた事務所で接客に勤《いそ》しんでいることだろう。自分の担当物件だから仕方ないとはいえ、どうしてこんな寒い思いをしなければならないんだ、と愚痴をこぼしたくなる。

松島は不動産会社に勤めている。今朝もいつものように事務所で仕事をしていると、電話が掛かってきた。今から一時間前のことだ。

相手は紅森市内にオフィスを構えている弁護士で、「小諸麻友《こもろまゆ》さんと連絡が取れないので、自宅を見てきてほしい」という依頼だった。彼女はその弁護士事務所の事務員で、松島が管理を担当しているアパートに住んでいる。弁護士の話だと、彼女は三日も無断欠勤しているという。

松島も本人に電話を掛けてみたが、確かに繋がらない。携帯電話の電源は入っているのに、応答がないのだ。何かトラブルが起きている可能性が高いと判断し、松島はこうして彼女の住むアパートへと向かっている。

不動産会社で働き始めてまもなく十年。住人の安否を確かめてほしいという依頼を受けるのはこれがちょうど二十回目だった。

住人が夜逃げしていたのが一回。他人の家に泊まっていて不在だったのが二回。高熱や二日酔いで寝込んでいたのが四回。残りの十二回はいずれも、住人は自宅で命を落としていた。自殺が八回。そして、殺人が四回だ。おそらく、同業者でこれだけ人の死に触れている人間はいないのではないかと思う。

松島は当初、凶悪犯罪が多い紅森市特有の現象かと思っていた。しかし、同じ会社の同僚のほとんどは、住人の遺体を発見したことはないという。松島だけが突出して多いのだ。ひょっとすると自分は死神の血でも引いているのでは、と勘繰りたくなる運の悪さだった。

アパートへの道を歩きながら、松島は不気味な寒気を感じていた。外からではなく、体の中から染み出てくるような寒さだ。こういう時は、だいたいよくないことが起きることを経験的に松島は知っていた。

気乗りしないが、確認せずに帰るわけにはいかない。とぼとぼと路地を進んでいくと、目的のアパートが見えてきた。二階建て、各階三部屋ずつの物件だ。部屋の間取りは1LDKで、小諸は二階の二〇一号室に住んでいる。

コンクリートの階段を上がり、二〇一号室の前に立つ。淡い期待を込め、最後にもう一度だけ彼女の電話を鳴らしてみるも、やはり応答はなかった。

大きなため息をつき、松島は合鍵を取り出した。

チャイムを鳴らし、反応がないことを確かめてから鍵を差し込む。その瞬間、嫌な予感はほぼ確信へと形を変えた。玄関のドアの鍵は掛かっていなかった。

「小諸さーん、いらっしゃいますかー？　失礼しますねー」

無駄だと思いながらも、声を出しながら部屋に入る。

ぞくり、とひときわ強い冷気が首筋を撫で上げていく。もう間違いない、と松島は覚悟を固めた。

最初にバスルームを確認する。歯を食いしばりながら引き戸を開けたが、洗面所にも浴槽にも人影はなかった。

ふぅ、と息をつき、リビングへと向かう。

えいやと気合を入れて廊下の奥のドアを開けたが、こちらもひと気はない。テーブルやソファー、テレビや本棚といった家具には目立った乱れはなく、床もきれいに掃除されている。

「……ここじゃないとしたら……」

ごくりと唾を飲み込み、松島はリビングを出た。玄関を入った脇に、もう一つの部屋がある。多くの住人が寝室として使っている、六帖の洋室だ。

リビングから洋室まで、およそ四メートル。その距離がやけに遠く感じられる。慎重にそちらに近づいていく。まるで警報のように、心臓の音が大きく響いている。ぞくぞくした寒気を感じつつ廊下を進み、松島は部屋の前にたどり着いた。

そっとドアノブを押し下げる。その瞬間、普段の生活では感じることのない異臭が鼻を突いた。ドアの隙間から漏れているのは、濃密な血の臭《にお》いだった。

逃げ出したい気持ちをこらえ、松島は思い切ってドアを開けた。

部屋の右奥に設置されたシングルベッド。その上で、女性が仰向けに寝ていた。胸の上で手を組み合わせ、祈るように目を閉じている。この部屋の住人——小諸麻友だ。

彼女は青褪《あおざ》めた顔や手の色とは対照的な、どす黒い赤の中にいた。血だ。グレイのスーツも、ベッドのシーツも、彼女の体から流れたと思しき血で汚されてしまっていた。

覚悟をしていたので、思ったほどの動揺はなかった。なにせ、これまでに十二回も遺体の第一発見者になってきた。今までに経験した中ではむしろ、穏和な亡くなり方と言えるだろう。

彼女はまず間違いなく死んでいる。直感的にそう思ったが、生死を確かめるため、松島は部屋に足を踏み入れた。

「もしもし、小諸さん」

我ながら馬鹿げている、と思いながらも、松島は彼女に声を掛けた。だが、やはり反応はない。

変に動き回ると証拠が消えてしまう。あとのことは警察に任せるべきだ。そう思って部屋を出ようとした時、松島は小諸の首筋の傷に気がついた。

……なんだ？

恐怖心より先に好奇心が反応する。

松島はゆっくりとベッドに近づいた。

小諸の首に、直径五ミリほどの穴が二つ空いている。数センチの間隔で並ぶその傷は、吸血鬼に噛まれた痕のようにしか見えなかった。

2

一月十八日、午前十時。桃田遊馬が現場のアパートに到着した時、辺りにはうっっすらと雪が積もっていた。積雪数ミリの量だが、冷え込みが厳しいこともあって、まったく溶けずに道路のアスファルトを白く染め上げていた。

　ここ何日か、断続的に雪が降っては止むを繰り返している。紅森市はあまり雪の降る地域ではない。ただ、雪が降った時はほぼ必ず殺人事件が起きる。

　今年もそのジンクスは破られなかった。やるせない気持ちと共に、遊馬は階段を上がって二階に向かった。

　二〇一号室は外廊下の突き当たりにある。そのドアの前に、鑑識係の墨染が腕組みをして立っていた。雪がちらつくような気温だというのに、作業服の上には何も羽織っていない。髪の薄くなった頭はいかにも寒そうだ。

　通路に張られた立入禁止のテープをくぐり、遊馬は彼のところに駆け寄った。

「おう、来たか」

「すみません。もう作業は終わったのに、また来てもらってしまって」と遊馬は頭を下げた。

「いや、気にするなよ。立ち会いたいって言ったのはこっちの方だからな。高月課長からは、二人だけでもいいって許可が出てたんだろ？」

「ええ。でも、墨染さんにいてもらった方が安心は安心です。気になることがあればすぐに聞けますし。――なあ」

遊馬はそこで振り返った。後ろにいた静也が「そうですね」と小さく頷く。今日も彼は愛用の黒衣を羽織っている。

「元はと言えば、私のわがままです。それに付き合わせてしまったことを申し訳なく思います」

静也がそう言うと、「いやいや、いいんですよ。天羽さんにはいつもお世話になってますから」と墨染が手を振った。「じゃ、行きますか」

墨染がドアを開ける。先に静也を行かせてから、遊馬も部屋に上がった。

現場は玄関を入ってすぐの寝室だ。小諸麻友はベッドの上で亡くなっていた。シーツや枕は証拠品として回収されたが、マットレスはそのままだった。格子模様の付いた白いマットレスには、変色した血の痕がべったりと残っている。それだけ出血量が多かったということだ。

小諸の死因は、頸動脈《けいどうみゃく》からの出血による失血死だ。凶器は現場からは見つかっていない。一方、彼女の血中からはチオペンタールという麻酔薬の成分が検出されている。投与経路は注射で、右の二の腕に注射痕も残っていた。本来は静脈注射する薬物だが、犯人は無理やり腕に針を突き刺して薬剤を投与したのだろう。

「状況からして、犯人は帰宅直前に被害者に襲い掛かったようだ。背後から手で口を塞ぎ、用意してあった麻酔薬を注射する。被害者の意識が朦朧《もうろう》としたところでこの部屋に連れ込み、尖ったもので頸動脈を傷つけた――そんな手口だったんじゃないかと思う」

　遊馬は部屋の入口から、これまでに分かっていることを静也に説明した。

「ちなみに」とその後ろから墨染が補足する。「被害者の口紅には、強引に拭われたような形跡がありましたよ。それが、手で口を塞いだ証拠です。犯人は右利きの男性と推測されますな。もちろん、力の強い女性も世の中にはいますが」

「なるほど。凶器の解析はどの程度進んでいますか？」

　静也の質問に、「まだなんとも言えませんね」と墨染が首を振る。「先端の尖った硬いもの、ということしか分かりません。アイスピックかもしれないし、千枚通しかもしれないし、あるいはヴァンパイアの牙《きば》かもしれません」

　墨染が「ヴァンパイア」と口走った瞬間、静也の眉間に小さなしわが現れた。

「実際、そう形容したくなるやつがいたんですよ。なあ、桃田」

「……現場の近くの監視カメラに、不審人物が映っていたのは確かだよ」と遊馬は正直に答えた。

　発見が遅れたため正確な時刻を割り出すことはできていないが、小諸は発見の三日前の夜に命を落としたものと推定されている。職場をあとにしたのが午後九時前なので、少なくともそれ以降であることは確実だ。

そして、その日の午後十一時過ぎに、アパートの近くにあるコインパーキングの監視カメラが奇妙な人影を捉えていた。黒いマントを羽織った何者かが、悠然とカメラの前を横切っていったのだ。マントの襟を立てていたため、顔は見えなかった。性別や年齢は不明だが、身長は一八〇センチ程度と推測された。

「ヴァンパイア」は、アパートから遠ざかる方向へと歩み去った。まるで慌てる様子もなく、悠然とした歩き方だった。犯行を終えたばかりだとすれば、あまりに大胆と言わざるを得ない。むしろ、自らの姿を警察に見せつけたがっているようにも見える。

「犯人の足取りについては？」

「まだ何も分かっていないんだ。手掛かりが少なすぎて……」

遊馬は小さく息をついた。鑑識によって現場は念入りに調べられたが、指紋やDNAなど、犯人に繋がる情報は得られていない。小諸を殺したあと、犯人はきっちりと証拠を消してからこの場を立ち去ったようだ。

「被害者のものじゃない血痕があれば、天羽さんに分析をお願いするんですがね」と墨染が頭を撫でつつぼやく。「今回は何も見つかってないんですよ」

静也はマットレスに残った血痕を見つめたまま、「被害者の血液だけでも調べてみましょう」と言った。「引き出せる情報があるかもしれません」

「そうしてもらえるとありがたいですが……いいんですか？」

墨染が神妙に尋ねる。彼が怪訝そうにするのも当然だろう。これまで、血液の分析は警察から静也に依頼する形でしか行われてこなかった。彼の方から調べたいという申し出があったのはこれが初めてだ。

「ええ。データが増えることは、僕の研究にとってもプラスになるはずです」

「了解しました。すぐに上司に許可を取りましょう。たぶん断られることはないと思いますので、帰りに署に寄っていただければサンプルをお渡しできますよ」

「分かりました。よろしくお願いします」

静也は軽く頷き、またベッド周りを調べ始めた。

それを眺めていると、墨染に肩を叩かれた。

「桃田、ちょっといいか」

墨染が親指で外を指す。遊馬は「あ、はい」と応じ、静也を現場に残して外に出た。

「……どういう風の吹き回しだ？　えらくやる気になってるじゃないか」

廊下に出たところで、墨染が小声で訊いてきた。

「いや、俺もよく分かりません」

「被害者と知り合いとか」

「それはないと思います。もしそうなら、隠さずに言うと思いますよ。いずれ分かることですからね」

「……だとしたら、逆か？」と墨染が囁くように言った。

「逆というのは、どういう意味ですか？」

「被害者じゃなくて、加害者の方に心当たりがあるってことだよ。……あの、監視カメラに映っていたヴァンパイアにな」

「そんな馬鹿な！」思わず声が大きくなる。「署内であいつがそう呼ばれてるからって、それで犯人の関係者扱いするのはおかしいでしょう！」

「おいおい、そういきり立つなって。俺が言い出したことじゃない。署でそういう噂を耳にしたんだよ」

「墨染さんも心の中ではそうじゃないかって疑ってるんじゃないですか」

「だったら、お前さんに話したりしないよ」と墨染は首を振った。「噂があるってことは知っておいた方がいいと思ってな。お前さんには、天羽博士のことになるといさかムキになる癖がある」

「友人なんだから憤るのは当たり前でしょう」

「……そうだな。うん、余計な話をしちまった。忘れてくれ」

墨染がそう言った時、静也が廊下に出てきた。

「ひと通り確認させてもらいました。ありがとうございました」

「そうですか。それじゃ、署の方に行きましょうか」

墨染が現場の施錠を済ませて、先に階段を降りる。

彼が乗ってきたスクーターはアパートの駐輪スペースに停められていた。ヘルメットをかぶってひょいとシートにまたがると「じゃ、お先に」と墨染は走り去った。

「寒くないのかな、あれで」

路地の先を見ながら静也が呟く。

「本人は『鍛えてるから』と豪語してるな」

「熱を作る脂肪細胞の量が多いのかもね。うらやましいよ。僕は寒がりだから」

「こんなところにいたら風邪を引くな。さっさと車に戻ろう」

静也と共に、コインパーキングに停めた捜査車両の方へと歩き出す。

「どうだ、現場を見た感想は」

静也は正面を向いたまま、「凄惨《せいさん》だったね」と呟いた。「犯人はかなり冷酷な人間だよ。理性が壊れていると言ってもいい。でも、知性は高そうだ」

「確かに、短絡的な犯行って感じじゃないな」

「それが逆にヒントになるんじゃないかな。麻酔薬は手掛かりになるよ」

「分かってる。もちろん、そっち方面での捜査は始まってるさ。一般人がそう簡単に入手できない成分が使われてるからな。医療関係者が犯人かもしれない」

「非合法な手段で入手した可能性もあるけど。あとは凶器かな、やっぱり。出血させせるのが目的なら、先端が尖ったものじゃなく、刃物を使って頸動脈を切るはずだ。犯人は用意周到に犯行に及んでるように見える。ということは、あえて特殊な凶器を選んだと考えるべきだと思う」

「……どういう意図があったんだろうな」

「今の時点ではなんとも言えないね」と静也が肩をすくめる。「単なる自己満足ではないとは思うけど」

「怨恨だとすれば、やっぱり交友関係を徹底的に洗うのが大事になってくるな」

「そうだね。現場の状況は異様だけど、捜査の手法はオーソドックスであるべきだと思うよ。変に気負わずに、いつも通りに頑張りなよ。僕は僕で分析を進めておくから」

「ああ、頼んだぜ」

雪がちらほらと舞う路地を、早足に進んでいく。

遊馬はちらりと隣を窺い、「……あの、さ」と呟いた。

「なんだい？」と静也がこちらを向く。

「……いや、なんでもない」

「何かある、って顔をしてるね」と静也が苦笑する。「何を考えてるかはだいたい分かるよ。『本当に犯人はヴァンパイアなのか？』って訊きたかったんじゃないのかい」

「いや、そんなことは……。まあ、なくはないけど」

「そもそもどう定義するかって問題はあるけど、誰もが想像するようなヴァンパイアは存在しないよ」と静也は断言した。「ついでに言えば、僕は犯人じゃないし、犯人に心当たりがあるわけでもないからね」

「……聞いてたのか、さっきの話」

「聞くつもりはなかったけど、遊馬が大きな声を出すから、嫌でも耳に届いたよ」と静也は苦笑した。

「そっか。うん、悪いな」

「何も謝ることはないさ」静也はそう言って、ふっと視線を足元に落とした。「……ただ、もしかしたら……」

「ん？　もしかしたら、何だよ」

「いや、なんでもない。君の真似《まね》をしてみただけだ」

静也はどこかぎこちなく笑って、歩く速度を少し上げた。

3

「今日はありがとう。二、三日中には結果を出すよ」

天羽静也はそう約束して車を降りた。

「おう、よろしく頼むな」

桃田遊馬は白い歯を見せてハンドルを握ると、車をUターンさせて去っていった。これから署に戻り、また聞き込みに向かうのだろう。

スマートフォンで時刻を確認すると、午後一時を過ぎていた。紅森署を訪ねる前に遊馬と食事をしたので、予定よりも遅くなってしまった。

昼前から降り始めた雪は少しずつ勢いを増している。ひょっとするとこれは本格的に積もるかもしれない。警察の捜査に支障がなければいいのだが、と思いながら、静也は屋敷の門を抜けた。

石畳の上を、足元を確かめるようにゆっくりと歩く。それに合わせて、小諸麻友の血液サンプルが入った発泡スチロールの箱が、ゆらゆらと揺れる。

瞬きをするたび、午前中に見た殺人現場の光景がまぶたの裏にちらつく。被害者はなぜあのような無残な殺され方をしなければならなかったのか。

静也は事件のことを知った時、「本当に犯人はヴァンパイアなのかもしれない」と思った。犯人は被害者を憎んでいたわけではない。むしろ、愛しすぎていたのではないか。自分を惑わせるもの——運命の血と決別するために、あえて大切な相手を殺したのではないか……。その可能性を考えてしまったのだった。

無論、現時点では根拠は何もない。ただの空想だ。

とりとめのない思考を巡らせているうちに、屋敷の玄関に到着していた。カードを取り出し、扉のロックを解除する。

扉を開けて屋敷の中に足を踏み入れた瞬間、「遅かったわね」と声が聞こえた。

驚いて顔を上げると、二階に繋がる階段の途中に、真っ黒なドレスを着た女性が立っていた。

真珠のような艶《つや》やかで白い肌と、ネコ科の獣を思わせる目尻の吊《つ》り上がった切れ長の目。肩に掛けた薄手の紫のストールと、耳たぶで輝く金色のイヤリング。数年ぶりに目にするその姿は、以前とまったく変わりがなかった。むしろ、その美貌に磨きが掛かったと言うべきだろう。

「ご無沙汰しています。瑠璃葉《るりは》さん」と静也は頭を下げた。

天羽瑠璃葉——彼女は静也の叔母だ。父の妹である彼女は独身を貫いており、普段は海外に住んでいる。もちろん、今日訪ねてくるという話は一切聞かされていない。

「もしかして、父の行方が分かったんですか」

静也は思わずそう尋ねていた。周囲には「父は海外に移住した」と伝えてあるが、それは嘘だった。静也の父は八年前に突然姿を消し、それ以来音信不通になっている。

「いいえ、違うわ。兄の行方は分からないままよ」

「じゃあ、どうしてここに……？」

瑠璃葉は階段を降り切ると、つかつかと静也のところに歩み寄ってきた。

「あなたのことが心配になったからよ。つい最近、首筋に傷のある遺体が市内で発見されたんでしょう？」

どうしてそれを……という問いを静也は呑み込んだ。彼女は二十年ほど前までこの屋敷に住んでいた。当時の使用人とは未だに繋がりがある。そのうちの誰かが彼女に連絡をしたに違いない。

ただ、彼女が知りたがっているのは故郷のニュースではなく、父の行方、そして静也の動向だ。それを把握するために、瑠璃葉は彼らにスパイの役割をさせているのだろう。静也はそう考えていた。

「まさかとは思うけど、あなたが犯人ではないわよね」

瑠璃葉が甥《おい》に向けるものとは思えない、鋭い視線を寄越してくる。静也は軽く首を振り、「真面目に否定するのも馬鹿らしいですが、違います」と答えた。

「じゃあ、事件とは一切関わっていないってこと？」

「いえ、警察の依頼で、血液の分析を行うことになりました」

静也がそう答えると、瑠璃葉はこれ見よがしにため息をついた。

「呆れた。まだそんなことをしてるの」

「幼馴染が刑事をしてましてね。頼まれると断りづらいんです。本当は研究に没頭したいんですが」

今回は自分から協力を申し出たことを伏せ、静也はそう答えた。

瑠璃葉は「あのね」と眉根を寄せながら、静也との距離を詰めた。「前から言ってるけど、私はあなたの研究そのものが気に入らないの。もう何度目か分からないけど、忠告するわ。血液の研究は止めなさい」

「申し訳ありませんが、僕の答えは変わりませんよ。ライフワークですから」

「……そんなに運命の血のことが気になるの？」

「僕は、その謎を解明することが自分の使命だと思っています。ヴァンパイア因子のことを知っていて、血液の研究をしている人間が他にいるとは思えませんからね」

「無駄な努力だと思うわ」

瑠璃葉が首を振る。彼女の付けている、甘い香水の匂いがふわりと香った。

「なぜ無駄だと？　少しずつですが、成果は出ています」

「そういう意味じゃない。ヴァンパイア因子を持っているのは、おそらく天羽家の人間だけだからよ」

瑠璃葉はそう断言し、ホールの天井を見上げた。

「私が運命の血のことを知ったのは、十歳の時。私の祖父――あなたにとっては曽祖《そうそ》父《ふ》に当たる人から聞かされたの。自分の体質を憎むことはなかったけど、興味はあった。同じ境遇の人間が他にもいるのか、とても気になったの。だから、アンテナを張り巡らせて、世界中から情報を集めたわ。そして、さっきの結論に到達したのよ」

「しかし、紅森市には吸血鬼にまつわる伝承が残されています」

「そうね。かつては天羽家以外にも、ヴァンパイア因子を持つ人々が紅森に住んでいたんだと思う。人を襲って血を集めていた者もいたかもしれない。でも、そういう人間は代を重ねるうちに減っていった。きっと、ヴァンパイア因子を持たない人間と交わることで、呪《のろ》わしいその遺伝子が書き換えられていったのよ。ところが、天羽家は昔から近親婚を繰り返してきた。高貴な血を守りたかったのかもしれないけど、その古めかしい因習のせいで、私たちにはヴァンパイア因子が受け継がれてしまったの」

瑠璃葉の唱える説は、おそらく正しい。静也はこれまでに数千人の遺伝子を調べてきたが、ヴァンパイア因子を持っていたのは天羽家の人間だけだった。

「でも、それももうおしまい」そう言って、瑠璃葉がぞっとするような微笑みを浮かべた。「天羽の血を持つ人間はもう、私と兄とあなただけ……。私たちが死ねば、ヴァンパイア因子はこの世の中から消え失《う》せる」

「……そうかもしれません。しかし、それでも運命の血を研究することには意味があるはずです。それが、真実を知る者の義務だと思います」

「別に義務なんてないわ。余計なことをせずに、静かに暮らしなさい。私は幸運なことに、運命の血と出会わずに生きてこられた。残りの人生も細心の注意を払って生きていくつもり」

「……愛する人といつか巡り会うかもしれませんよ。可能性は常にあります」

「いいえ、私の場合は可能性はゼロよ。私は他人と適切な距離を取ることを常に心掛けているの。そうしていれば、運命の血の呪いを回避できるから」

「……寂しくはありませんか？」

「もう慣れたわ」と瑠璃葉は淡々と言い、静也の目をじっと見つめた。「兄に少しずつ似てきたわね、あなた」

「そうですか？　あまり自覚はありませんが……」

「私は似ていると感じるの。だから、とても不安になる。あなたが兄と同じ運命を歩むんじゃないかとね。あなたの人生に口出しする気はないけど、悲劇を回避する努力だけは忘れないで。運命の血を持つ相手との出会いは、きっと大きな不幸を招くわ」

　瑠璃葉はそう言って、静也の横を通り過ぎた。

「今回の事件は単なる吸血鬼の真似事だと思うわ。どういう意図があるかは知らないけど、ヴァンパイア因子とは関係ない。だから、ほどほどのところで手を引きなさい。それじゃ、ごきげんよう」

「もう帰るんですか？」

「ええ、あなたに忠告しに来ただけだから」

瑠璃葉は振り返らずにそのまま屋敷を出て行った。

静也は扉が閉まるのを見届け、ため息をついた。瑠璃葉はよほど静也のことが心配らしい。

その気持ちは分からないではない。彼女はきっと、自分の兄を救えなかったことを今でも強く後悔しているのだろう。

VP01の保持者は、自分にとって極上の美味である血――運命の血を持つ相手を、汗や唾液《だえき》などから感じ取ることができると言われている。血を舐めなくても、口づけを交わせばほぼ確実に判別できるようだ。恋人同士になればすぐに気づくことができるだろう。

運命の血の相手は、個人個人で異なっている。おそらくは遺伝子の相性に拠《よ》るのだろう。相手が異性ではなく、同性というケースももちろんありうる。

世の中にどれくらい相性のいい相手がいるのかは不明だが、天羽家の人々を見る限り、出会う確率はそこまで高くはないようだ。血の持ち主を見つけることなく生涯を終えた人間の方が圧倒的に多い。

しかし、静也の父はその数少ない例外だった。彼にとっての運命の相手は自分の妻

――静也の母だった。親族の紹介で二人は出会い、そして結婚したと聞いている。

父の失踪後、瑠璃葉は二人の間に起きたことを静也に教えてくれた。

母が父の特異体質のことを知ったのは、結婚してから一年ほどが経った頃だという。彼女は夫が血への渇望で苦しんでいることを理解し、自らの血を差し出すことを選んだ。定期的にかなりの量の血液を抜き取り、父に与えていたようだ。「嫌々ではなく、自ら望んでそうしていたの」と瑠璃葉は悲しそうに語った。

だが、母の行為は彼女の命を着実に削っていた。元々病弱だった母は血を提供するたびに体調を崩し、どんどん衰弱していった。そして、静也が六歳になった年の冬に肺炎になり、あっけなく命を落とした。

母の死について父がどう考えていたかは分からない。母の死後、父はひどく無口になり、ほとんど言葉を交わす機会さえなかったからだ。ただ、静也には父の笑顔を見た記憶がない。それだけは確かだ。

静也は足元から這い寄ってきた冷気でハッと我に返った。

手にはまだ、サンプルの入った発泡スチロールの箱を持っている。中に保冷剤は入れてあるが、そう長くは保《も》たない。早く冷蔵庫に入れなければ。玄関ホールを離れ、実験室へと向かう。

廊下を歩いていく途中、窓の外に庭が見えた。枯れた芝生の上にも雪が積もり始めている。子供は雪が好きだ。今年も、気づいたらいつの間にか雪だるまが並んでいる、という状況になるだろう。

そういえば、遊馬もここで雪遊びをしていたな……。

昔の遊馬の姿を思い出し、静也は懐かしさと切なさを覚えた。使用人の子供たちと遊ぶために、遊馬はよく屋敷に顔を出していた。

もし、彼が別の小学校に通っていたら。付き合う友人が違っていて、屋敷に足を運ばなかったら。外ではなく、テレビゲームでばかり遊ぶ子供だったら——。

きっと自分の人生はまるで違うものになっていただろう。

あれは、小学六年の夏休みのことだった。

静也は自分の部屋にいて、窓の外では同級生たちが遊んでいた。そして、その中には前年に転入してきた遊馬の姿もあった。強い日差しが苦手な上に人見知りだった静也は、彼らと一緒に遊ぶことはしなかった。涼しい部屋で、彼らのはしゃぐ声を聞いていればそれなりに楽しかった。

その日も静也は、同級生たちの笑い声をBGMに、一人窓際で読書をしていた。異変が起きたのは、午後三時過ぎのことだった。突然、「うわーっ!」と叫ぶ声が聞こえた。慌てて窓の外に目を向けると、木の下に人が倒れているのが見えた。その周りに集まった子供たちの顔は一様に青褪めていて、トラブルが起きたことは一目瞭然《りょうぜん》だった。

そこで、周りを取り囲んでいた中の一人が静也に気づいた。屋敷の使用人の子供だった。彼は一目散に静也のところに駆け寄ってくると、「救急車を呼んでもらえませんか！」と涙目で言った。「友達が、蛇に嚙まれちゃったんです」

蛇の毒が、人の命を奪いうるものであることは知っていた。静也はすぐさま一一九番に電話をすると、靴下のまま窓から飛び出し、倒れている少年の元へ駆けつけた。

草の上にうずくまり、足首を押さえていたのは、他でもない遊馬だった。彼は顔をしかめ、青白い顔で荒い呼吸を繰り返していた。

そのままにはしておけない——。

遊馬の様子に危機感を覚え、静也は応急処置に取り掛かった。

「ちょっとごめん！」

遊馬の手をどけると、足首に空いた二つの小さな穴から、真っ赤な血が流れ出ていた。静也は毒を吸い出すため、そこに口をつけた。

異変はすぐに訪れた。

遊馬の血が舌に触れた瞬間、目の前が真っ白になり、強烈な快感が背筋を突き抜けていったのだ。

口中に広がる、未経験の味覚。濃厚な甘みと舌が痺れるほどの旨味に、気が遠くなりそうになる。

それは夢のような時間だった。もし、蛇の毒がもたらす不快な苦味がなければ、毒ごと血を吸い続けただろう。

静也は我に返り、吸い出した毒を含む血を地面に吐いた。何度かそれを繰り返しているうちに、救急車のサイレンが近づいてきた。静也は持ってきた清潔なハンカチを傷口に巻くと、「もう大丈夫だと思う」と言い残し、逃げるように自分の部屋に戻った。

その後、特に後遺症もなく遊馬は元気になり、この一件を契機に、静也は彼と親しくなった。「友達になろうぜ」という、屈託のない遊馬の申し出を受け入れたのは、あの時の特別な経験の正体を知りたかったからだ。

瑠璃葉から運命の血のことを知らされたのは、その数年後だ。「ひどく危険なものだから、出会わないように注意しなさい」と瑠璃葉には忠告されたが、手遅れもいいところだった。静也はすでに運命の血がどれほど美味なのかを知ってしまっていた。

もう一度血を味わいたい。遊馬の血を求める衝動に襲われた回数は、おそらく軽く千を超えている。黒いものを身につけたり、頻繁にトマトジュースを飲んだりするのは、精神を安定させ、衝動を軽減するためだ。そういった工夫もあり、今までは何とか危険な欲望を抑え込んできた。

――しかし……。

雪の降り続く庭を見つめながら、静也は嘆息した。自制心がこれからも維持できるという保証はどこにもない。

静也は大学を出たあとに、紅森市を離れて海外の研究室に留学した。それは血液学に関する最新の知見を得るためではあったが、遊馬と離れるべきだという危機感も留学の理由の一つだった。いつまでも近くにいるのは危険だと、そう感じていたのだ。

だが、運命の血を求める潜在的な欲望からは逃れられなかった。静也は結局、また紅森市に――遊馬のすぐ近くに戻ってきてしまった。そして、血液の分析という形で、頻繁に彼と関わり続けている。

静也は手に提げた発泡スチロールの箱に目を落とした。

今すぐこの血液サンプルを遊馬に突き返し、「もう二度と分析はしないよ」と伝えれば、このもやもやした苦しみから解放されるだろうか。

そんな未来を想像してみる。なんて無駄なことをしているんだろう、と静也は思った。ただ、考えているだけだ。実行に移せそうな気はまるでしない。

「……本当に弱いな、僕は」

静也はぽつりと呟き、地下へと続く階段をゆっくりと降りていった。

4

一月二十日。遊馬は助手席に虎姫を乗せて車を走らせていた。目的地は、紅森市の北部にある〈ザ・スカイレジデンス紅森〉という、三十階建ての高層マンションだ。

「桃田さん、これから行くマンションに知り合いっていいます？」

虎姫の質問に、「まさか」と遊馬は首を振った。「一番安い部屋でも、販売価格は六千万以上するって聞きましたよ」

「だからこそですよ。市内で一番の高級マンションなら、天羽博士のご友人とかが住んでそうじゃないですか。友達の友達で、桃田さんとも知り合いかなって」

「いやー、いないんじゃないですかね。あいつの交友関係ってよく分からないんですけど、親しい知人がいたとしても、そういうところに住みそうな感じではないですね。大きな屋敷の方が似合う気がします」

「なるほど。確かに高級マンションと聞くと、一代で大きく資産を増やした人を連想しますね」と虎姫が頷く。「実際、そういう人間と会うわけですし」

これから面会するのは、今回の事件の被害者である小諸麻友が交際していた男性だ。名前は志紀貴仁《しきたかひと》。年齢は二十六歳だ。インターネット上で簡単に物々交換ができるサービスを開発した人物で、年商数十億円の会社の社長を務めているという。いわゆるIT長者というやつだ。

志紀は小諸の葬儀に参列していない。交際していた恋人との別れに立ち会わないというのは違和感のある行動だ。その点を怪しんでいる捜査員もいる。虎姫もその一人だった。

「個人的な意見で恐縮ですけど、私は志紀っていう人が嫌いだと思います」と虎姫が冷たい声音で言う。

「まだ会ってもいないのに、ですか？」

「彼の会社のホームページやSNS、テレビに出演した時の動画を見た印象です」

「顔はかっこいいですよ。特撮ヒーローのレッド役が務まりそうな爽やかな感じじゃないですか」

「見た目はどうでもいいんです。大事なのは態度です、態度」そう言って、虎姫がふんと鼻から息を噴く。「もっともらしいことを言ってますけど、薄っぺらいというか、外面だけを気にして思ってもいないことを口にしているように見えたんですよね」

「辛辣《しんらつ》ですね」と遊馬は苦笑した。「彼が今回の事件に関わっていると考えているんですか？」

「そこまでは分かりません。あくまで私の印象ですし。でも、実際に会うと態度が冷淡になってしまうかもしれません。なので、なるべく桃田さんが話をしてもらえたらと思います。私は後ろの方から、彼の表情の変化を確認しますので」

「分かりました。その分担で行きましょう」

方針を決めたところで、右前方にザ・スカイレジデンス紅森が見えた。湾曲した黒い外壁を持つ建物が、冬空を背景に堂々と屹立《きつりつ》している。この高さの建物は、紅森市内にほとんどない。まるで、マッチ箱を並べた中に五〇〇ミリリットルのコーラのペットボトルを立てたような景色だった。

近くのコインパーキングに車を停め、歩いてマンションへと向かう。

両サイドに白樫が並ぶアプローチを進み、自動ドアを抜ける。艶やかなタイルが敷き詰められたエントランスの奥にカウンターがあり、スーツ姿の中年男性が中に立っていた。受付係だろう。このマンションにはコンシェルジュサービスが付いているのだ。

事前に来訪する旨は伝えてある。来意を告げ、身分証を提示すると、ゲスト用のカードを渡された。これを使わないとエレベーターが動かないという。

遊馬は虎姫と共にエレベーターに乗り込んだ。志紀はマンションの最上階に住んでいる。〈30〉のボタンを押すと、微かな浮遊感を伴ってカゴが上昇し、一分もしないうちに三十階に到着していた。

　エレベーターを降りると、グレイのカーペットが敷かれた広い廊下がまっすぐに延びていた。その左右に玄関ドアが並んでいる。

　その様子に、「まるっきりホテルですね」と虎姫が感想を口にした。遊馬もまったく同じ意見だった。こういう雰囲気のマンションは初めてだ。

　照明の柔らかな光が降り注ぐ廊下を進んでいくと、左手奥のドアが開き、中から女性が出てきた。年齢は二十代後半か。フレームレスの眼鏡を掛けており、ベージュのコートに白いマフラーという服装だった。学生時代は校則を忠実に守っていたに違いない、という印象を受ける、いかにも生真面目そうな女性だ。

　早足でこちらに向かってくる彼女の表情は硬い。こちらをちらりと見ただけで、会釈もせずに遊馬たちの横を通り過ぎていってしまった。

「あれ？」と虎姫が首を傾げる。「今の人が出てきたのって、もしかして三〇〇四号室じゃないですか？」

「そうみたいですね」三〇〇四号室は志紀の住む部屋だ。「しまったな、呼び止めればよかったですね」

　振り返るが、エレベーターの扉はもう閉まっていた。

「どういう関係の人なのか、本人に確かめればいいですよ」

「そうですね。じゃ、行きますか」

遊馬が先に立ち、三〇〇四号室へ向かう。ドアの脇の、カメラ付きのインターホンのボタンを押す。すぐに「はい」とスピーカー越しに男の声が聞こえた。警戒心を感じさせない、明るい声だった。

「志紀さんでいらっしゃいますか。紅森署の刑事課の者です。小諸麻友さんのことでお話を伺いに参りました」

「ああ、はいはい。ちょっと待ってくださいね」

その場で待機しているとすぐにドアが開き、水色のセーターにジーンズ姿の男性が顔を覗かせた。志紀貴仁だ。彼は作り物っぽさのない、自然な笑みを浮かべている。刑事を目の前にしても緊張している様子はまるでない。一筋縄ではいかない相手らしいな、と遊馬は密《ひそ》かに警戒を強めた。

「中へどうぞ。リビングで話をしましょうか」

「こちらで結構ですよ」

「まあそう言わずに。立ったまま話すと疲れるじゃないですか、お互いに」

志紀は笑いながらそう言うと、ふかふかのスリッパを二足分用意した。

遊馬は後ろに控えている虎姫の方を振り返った。「いいですよ」と彼女が神妙な顔で言う。一応、背中の痒みは出ていないようだ。

「では、お言葉に甘えて失礼します」

「どうぞどうぞ」

志紀の案内で部屋に上がる。廊下を右手に進んだ先がリビングルームになっていた。足を踏み入れた瞬間、遊馬は思わずため息を漏らした。一面ガラス張りになった窓の向こうに、ミニチュアのような小さな家々が広がっていた。

「いい眺めでしょう」と志紀が楽しそうに言う。「一軒家にしようかとも思ったんですが、この景色が見たくて、タワーマンションを選んだんです。今のところ、その選択には満足していますよ」

「立派なお宅だと思います」と遊馬は頷いてみせた。リビングの広さは、軽く二十帖はあるだろう。いや、それ以上かもしれない。とにかく、ざっと見回しただけでは面積がつかめないほど広い。ソファーやテーブルといった調度品も立派だ。静也の屋敷で目にするものと比べても見劣りしない。かなりの高級品であることは間違いないだろう。

「こちらへどうぞ」

志紀がソファーの方に歩いていく。彼が座る前に、遊馬は「ところで」と廊下の方を振り返った。「先ほど、こちらの部屋から女の方が出て行かれたようですが」

「彼女は僕の交際相手ですよ。獣医師をしている、東山秋奈《ひがしやまあきな》さんという人です」

「……交際？」虎姫が怪訝そうに呟く。「あなたは小諸さんとお付き合いされていたんですよね。彼女が亡くなったから、すぐに別の恋人を見つけたということですか」

「いいえ、違います。僕には現時点で五人の恋人がいます。東山さんはその一人ですよ。彼女とは半年ほど交際しています」

「五人って……彼女たちはそのことを知っているんですか？」

「もちろん。それを伝えないと、フェアじゃないですからね。全員、それを理解した上で僕との交際を続けていますよ」

「……」

堂々とした志紀の話しっぷりに、虎姫が絶句する。彼女に代わり、「小諸さんもあなたの恋人の一人だったということですか？」と遊馬は質問をぶつけた。

「その通りです。彼女とは一年以上付き合ったでしょうか。亡くなったことはとても残念です」

志紀はそう言って眉根を寄せ、真っ赤なソファーに腰を下ろした。

「あまり残念そうに聞こえませんけど」

志紀を睨みながら、虎姫がソファーの端に座る。怒りが表情ににじみ出ていた。

遊馬は志紀の正面に座り、「葬儀に出席されなかったのはなぜですか？」と尋ねた。

「僕は画一的で形式的なやり方が苦手なんです。理解してもらえるか分かりませんが、葬儀に出ればそれで死者を悼むことになるというのは、ある意味では安易な考え方ではないですか？　彼女との思い出は僕の心の中にある。一人でそれを思い返すことが、僕流の弔意の示し方なんです」

志紀は冷静に、遊馬の目を見ながらそう語った。押しつけがましさも、言い訳めいた女々しさもない、自分の考えの正しさを確信している口ぶりだった。

これ以上、この話題について突っ込んでも意味はなさそうだ。遊馬は気持ちを切り替え、前のめりになりかけていた姿勢を戻した。

「小諸さんを含めると、六人の女性と同時並行で交際されていたということですが、彼女たちの扱いは平等だったのでしょうか」

「彼女たちがどう感じているかは分かりませんが、僕としては差が出ないように意識はしています。あくまで精神的な意味で、という注釈は付きますがね。頻繁に会うことを望む女性もいれば、回数が少ない方がいいという女性もいます。一緒にいる時間の長短だけで判断できない要素もあるということです」

「少なくとも、不満が出ないようには気を配っていたということでしょうか」

「そうですね。文句を言われたことはありません」

「言わなかったのではなく、言えなかっただけかもしれません」と虎姫が横から口を挟んできた。「あなたの前では従順な女を演じていたけど、心の中にはドロドロとした憎しみを抱えていたんじゃないですか」

虎姫の指摘に、志紀が眉毛を持ち上げた。

「……嫉妬《しっと》が殺人の動機だとおっしゃりたいのですか？　しかし、彼女たちはお互いの名前や住所は知らないはずですが」

「探偵や興信所を使えば調べられます」と虎姫が鋭い声で反論した。

志紀は足を組み、顎を撫でながら数秒考え込んだあとで、「彼女たちの中に人殺しはいません」と断言した。

「なぜそう言い切れるんでしょうか」

「僕は企業の経営者です。会社を率いていく中で、数えきれないほどの人間と出会い、ビジネスパートナーにふさわしいかどうかを判断することを求められます。そこで鍛えた『人を見る力』には自信を持っています。他者を恨むような人間は、僕の周りには一人もいませんよ。ましてや殺人なんて……とても考えられないですね」

「しかし、現実として小諸さんは亡くなっています」と遊馬は言った。

「頭のおかしい人間に襲われたんでしょう。『ヴァンパイア』がやったんですよね？　その噂は僕の耳にも届いていますよ。犯行のあった時刻に、黒マントの不審人物が目撃されているらしいじゃないですか」

「その情報に対し、何か心当たりはありますか？」

「いいえ、何も。……ああ、そうか。僕がそいつじゃないかと疑っているんですね。それなら、きっちり調べていただいて結構ですよ。このマンションには複数箇所に監視カメラが設置されていますし、カードキーでの出入りの記録が残るようになっています。それを確かめれば、僕に充分なアリバイがあることが分かると思いますよ」

志紀の表情に動揺はない。自分の無実を確信している人間の顔だ、と遊馬は感じた。

その後、遊馬たちは小諸との出会いや、生前の様子についていくつか質問をぶつけた。しかし、警察がこれまでに得ている以上の情報は引き出せず、ただ二人が順調な交際を続けていた様子が伝わってくるのみだった。

とりあえず、今日はここまでだろう。そう思って腰を上げかけた時、「最後に一ついいですか」と虎姫が口を開いた。「なぜ、あなたは同時に何人もの女性と交際をするのでしょうか」

「軽蔑《けいべつ》されるのを覚悟で答えると、効率化のためです。こう見えても僕は結婚願望が強いんです。一日も早く、生涯の伴侶《はんりょ》となる女性を見つけたいと思っています。しかし、仕事もありますし、恋愛に割くことのできる時間は限られています。だから、並行して交際するという方法を選びました。それを許せないと感じる人がいることは分かっています。でも、これは僕の人生ですからね。自分が正しいと思うことをやるだけです」

志紀は晴れやかな表情でそう語った。それは、疚《やま》しさの欠片《かけら》もない、自信に満ち溢れた口調だった。

この自信が女性を惹き付け、わがままとしか言えないような生き方を許容させるのかもしれない――。

ふと、遊馬はそんな風に思ったのだった。

5

翌日。虎姫と共に遊馬がやってきたのは、紅森市の中央エリアにある、〈守口《もりぐち》アニマルクリニック〉という動物病院だった。四階建てビルの一階に、テナントとしてクリニックが入居している。

自動ドアを通って中に入る。ぱっと見た印象は、普通の病院の受付と変わらない。正面にカウンターがあり、それに向き合うようにベンチが四台並んでいる。待合室の隅では加湿器が稼働し、ウォーターサーバーで自由に水が飲めるようになっている。

人間の病院との違いは、来院者たちが赤や青のキャリーバッグを抱えていることだった。その中に犬や猫が入っているのだろう。ただ、気配はしても声はしない。飼い主の緊張や消毒の匂いを感じ取って警戒しているのかもしれない。

飼い主や動物たちをさらに緊張させてしまうことを申し訳なく思いながら、遊馬は受付へと向かった。

「すみません、紅森署の者です。こちらに東山秋奈さんがお勤めと伺ったのですが」

身分証を提示すると、受付にいた若い女性の表情がこわばった。

「しょ、少々お待ちください」

女性職員が立ち上がり、カウンターの袖から診察室の方へと駆け込んでいく。数十秒後、彼女に代わって、たっぷりと顎ひげを蓄えた中年男性が現れた。髪の毛は薄いのにひげはかなり濃い。遊馬は上下をひっくり返すと別人の顔になるトリックアートを連想した。

「院長の守口です。ウチの職員にどういったご用件でしょうか」

「少しお話を伺えればと」

そう答えて隣を見る。案の定、虎姫は歯を食いしばって肩をぷるぷるさせていた。守口の男臭さが背中の猛烈な痒みをもたらしたのだろう。

ハンドサインで虎姫を後方へ下がらせてから、遊馬は守口の方に顔を向けた。

「東山さんに取り次いでいただけませんか？」

「……こちらへどうぞ」

守口がカウンターの戸を開けて外に出てきた。虎姫をその場に残し、彼と共に診察室に向かう。

診察室は十帖ほどの広さがあった。壁際にパソコンの載った机があり、その周りにいくつか椅子が置いてある。部屋の中央には、人の腰の高さほどの診察台が設置されている。大きさは、縦が五〇センチ、横が一メートルくらいだ。天板に緑色のマットが敷かれていた。そこに動物を載せるのだろう。

「いいんですか、今は診察時間中なのでは」

「待合室にいたのは、診察済みの子だけです。次の予約まで少し時間がありますから、お気になさらず。あ、そちらにどうぞ」

守口は手近にあった椅子を遊馬に勧め、自らも椅子に腰を下ろした。

「せっかくお越しいただいたんですが、東山は今日は休みです。本人からは、体調不良だと聞いています」

「そうですか。風邪か何かでしょうか」

「いえ、おそらくは精神的なものだと思います。東山は有能な獣医で、仕事にも熱心に取り組んでいました。しかし、去年の秋頃から、頻繁に体調を崩すようになりました。起き上がれないほどの頭痛に苦しんでいるようです。……相当なストレスを抱えているようなのですが、我々職員には何も話そうとはしません」

守口は重々しい口調でそう言い、ぐっと遊馬の方に身を乗り出した。

「逆にこちらからお尋ねします。東山は何か事件に巻き込まれているんですか」

「現時点で、彼女自身がどうこうという話ではないのですが……」

そう前置きしてから、遊馬は事件の概要と志紀の存在を説明した。

「……東山は、そんな男と付き合っているんですか」はあ、と守口がため息をつく。

「きっと、それが精神的な負担になってるんだろうな……」

「交際相手は現状に納得していると志紀さんは言っていましたが」

「そりゃあ、相手の前ではいい顔をしますよ。惚《ほ》れた弱みってやつです。しかし、心の中では泣いていると思いますよ。それが普通の感覚でしょう」

「そのストレスが、事件の引き金となった可能性はあるでしょうか?」

「馬鹿なことを言わないでください!」と守口は激しく首を振った。「彼女は心の優しい人間ですよ。人殺しなんてそんなこと……できるはずがないでしょう」

遊馬は守口の態度に違和感を覚えた。同じ職場で働く相手とはいえ、彼の口調には熱が入りすぎているように感じた。

「東山さんのことをずいぶん心配されているようですね」

そう指摘すると、守口は口をすぼめ、耳の上を指先で掻いた。

「……そんな風に見えますか?」

「いや、どうでしょう。あくまで個人的な印象です」

「刑事さんのその感覚は正しいかもしれないですね」と守口は目を伏せた。「……実は、私には妹がいました。勉強熱心で、真面目な性格でした。歳が結構離れていたのがよかったのか、成人してからも映画を見たり食事をしたりと、結構仲良くやっていました。……でも、もうこの世にはいません。自殺したんです」

「自殺、ですか……」

「付き合っていた男が二股《ふたまた》を掛けていたことが理由でした。妹はその男を包丁で刺し殺し、直後にマンションから飛び降りて命を落としました。……その妹の姿が、東山とダブるんですよ。彼女も真面目な性格ですから」

守口は目を潤ませながらそう語り、突然立ち上がって遊馬の手を握った。

「刑事さん。お願いですから、あの子を追い詰めないでやってください。話を聞かないといけないのは分かります。捜査ですから、仕方がないことだと思います。ただ、質問の仕方に注意をしてほしいんです。犯人扱いしたり、強い口調で詰問するようなことだけはやめてもらいたいんです。……お願いします」

守口の手に込められた力の強さと、こちらに向けられる真剣な眼差しに遊馬は困惑した。妹のことがあるとはいえ、同僚のためにここまでの熱意を持てるものなのだろうか。

あるいは、彼は東山に特別な感情を抱いているのかもしれない――。

遊馬はその可能性を頭に入れつつ、「分かりました。心掛けます」と頷いた。

それから一時間後。遊馬たちは紅森市の東部にある五階建てのマンションへとやってきた。ここの三〇二号室に、東山秋奈が一人で住んでいる。

「汚名返上じゃないですけど、今度は私が質問役をやります」

上階へと向かうエレベーターの中で、虎姫が力強く宣言する。

「相手は女性ですし、その方がいいでしょうね」と遊馬は賛同した。

「あ、そうだ。天羽博士に依頼していた血液の分析って、どうなりました？」

「今のところ、これといった手掛かりは見つかってませんね。ただ、分析はもう少し続けると言っていました。正体不明のＤＮＡが検出されたみたいで」

「そうですか。じゃあ、私たちは聞き込みで地道に情報を拾っていきましょう」

やがてエレベーターが三階に到着する。遊馬たちはちらほらと雪の降り込む廊下を進み、三〇二号室にたどり着いた。

インターホンのチャイムを鳴らしてしばらく待つ。やがて錠が外れる音が聞こえ、中から眼鏡を掛けた女性が顔を覗かせる。志紀の自宅を訪ねた時にすれ違った女性に違いなかった。

「東山秋奈さんですね」虎姫がにこやかに声を掛けた。「紅森署の刑事課の虎姫と申します。ある殺人事件について参考までにお話を伺えますでしょうか」

「……はい。守口院長から連絡がありました」と、緊張した様子で東山が言う。「入ってください」

彼女に案内され、リビングに通された。ダイニングテーブルの上にはカップとティーポットが置いてある。

遊馬たちが椅子に座ると、東山が紅茶をカップに注《つ》いでくれた。ふわりと甘い湯気が立ち上る。金持ちと交際しているから、というわけではないだろうが、なかなかいい茶葉を使っているようだ。

虎姫は「いただきます」とそれをすぐに口に運ぶ。こういう風にもてなされた時、多くの刑事は遠慮する。些細なものであれ、受け取ってしまうと賄賂《わいろ》になりかねないからだ。しかし、虎姫は飲み物も茶菓子も自重しない。無神経なわけではなく、何があっても捜査に手心を加えないという覚悟の表れであるそうだ。

カップをソーサーに戻し、「志紀さんにお会いして、いろいろとお話を伺いました」と虎姫は切り出した。「彼はあなたを含め、複数人の女性と交際しているそうですが、そのことはご存じでしょうか」

「……はい」と東山は小さく頷いた。

「出会いのきっかけはなんだったんでしょうか」

「友人に誘われて出掛けたパーティで知り合いました。志紀さんは毎月、数十人を集めて参加費無料のパーティを開いているんです。おそらく、私以外の交際相手もそこで見つけたんだと思います」

くっ、と虎姫の眉間《みけん》に「V」の形のしわが浮かぶ。金に物を言わせて女を漁《あさ》るやり口にイラっとしたらしい。

「志紀さんは、交際相手は全員が現状に納得していると豪語していました。他の女性に嫉妬したり、自分を恨んだりすることはないと……。本当にそうなんですか？」

「そう……ですね。少なくとも私は受け入れているつもりです。お付き合いする前に、そういう条件だと正直に言ってもらっているので」

「しかし、誠実なやり方だとは思えません」

「志紀さんは、『運命の血』という言葉を時々口にします」と東山が囁くように言った。

「それは、吸血鬼の伝承に出てくる言葉ですね」と遊馬は口を挟んだ。先日のバラバラ殺人の発端となった概念だ。

「そうなんですか？　インターネットで読んだ記事に出てきたと彼は言っていましたが……」

東山は困惑気味に言い、「彼は『遺伝子の相性』といった意味でその言葉を使っていたようです」と続けた。「お互いの足りない部分を補い合うような遺伝子の持ち主を見つけるために、志紀さんは多くの出会いを求めているんだと思います。その考え方は、私にとっても理解できるものです」

「交際相手の入れ替えは頻繁に行われているんですか」と虎姫が質問する。

「志紀さんに確認したわけではありませんが、入れ替わっていると思います。志紀さんは今でもパーティを定期的に開いていますし、効率を重んじる彼なら、早め早めに決断をしていくんじゃないかと……」

「手段としては正しいのかもしれませんが、愛情は感じられないですね」と虎姫がぴしゃりと言い放った。「東山さんは体調不良に悩んでいると伺いました。それについて、志紀さんはどう言っているんですか」

「頭痛のことは、彼は知らないはずです」虎姫の視線を受け止め、東山は言う。「彼と会う時だけは、きれいに頭痛が消えるんです」

「……本当ですか？」

眉間のしわを深くしながら虎姫が訊く。

「私の頭痛は緊張型頭痛です。これは、ストレスでこめかみや首、背中の筋肉がこわばり、それによって周辺の神経が刺激されることで起こります。志紀さんと会うと痛みが消え、離れると痛みが出る……メカニズムはシンプルです。緊張とリラックスで説明はつくと思います」

東山はわずかに微笑みながらそう説明した。つまり、彼女は自分が志紀にそれだけ心を許していると自覚しているのだ。

「……そんなに」

虎姫は言葉を呑み込み、紅茶に手を伸ばした。おそらく、「そんなにあの男のことが好きなんですか」と訊きたかったのだろう。

遊馬は嘆息し、少し冷め始めた紅茶に口をつけた。

今の東山の話を聞き、まるで薬物依存だな、と遊馬は思った。本人は受け入れているのかもしれないが、やはりまっとうな生き方のようには思えなかった。

この歪《いびつ》さが、今回の事件の鍵を握っているのではないか——。

まだ根拠はない。しかし、刑事としての直感がそう強く訴え掛けていた。

6

一月二十七日、午前十時半。午前九時から緊急開催された捜査会議を終え、遊馬は刑事課の事務室に戻ってきた。

自分の席に向かおうとしたところで、後ろから肩を叩かれた。そこにいたのは、課長の高月だった。

「ずいぶん落ち込んでるな、おい」

「ええ、まあ……。経験がないわけじゃないですが、がっくり来ますね、こういうのは」と遊馬は素直に指摘を受け止めた。

今からおよそ十時間前。巡回中の警官によって、紅森市内の雑木林で女性の遺体が発見された。亡くなったのは、八尾涼香《やおすずか》、二十七歳。彼女は志紀の交際相手の一人であり、その首筋にはまたしても、牙で噛まれたような穴が二つ空いていた。

死因は最初の犠牲者である小諸と同じ出血多量で、同様に血中からは麻酔薬が検出されている。遺体が発見された場所は、八尾の自宅からは五キロほど離れており、帰宅経路からも外れていた。おそらく犯人は帰宅途中の彼女に襲い掛かり、麻酔で意識を奪った上で、車で現場まで連れて行ったのだろう。

類似しているのは犯行の手口だけではない。小諸の時と同様、八尾の自宅近くの防犯カメラに、黒いマントを身につけた不審人物が映っていた。顔は隠れていたが、体格や歩き方から一件目と同じ人物だと推定されている。

捜査が続いている中での、同一犯によるものと思われる第二の殺人。迅速に捜査を進めていれば防げたのではないか――。その思いが、遊馬を憂鬱な気分にさせていた。

「まあ、悔しがる気持ちはよく分かる。俺だって似たようなもんだ。お前との違いは、それを顔に出さない技術を持ってるってことくらいかな。歳を取ると、こんなことばかり上手《うま》くなる」

　そう言って、高月は拳を手に打ち付けた。

「まだ捜査は始まったばかりだが、今のところ、他のカメラにヴァンパイアは映ってないようだ。カメラの位置を把握した上で、車を降りて意図的に姿を晒《さら》したらしい。まったく、本当に腹立たしいやつだ」

「何のためにそんなことをしたんでしょうね……」遊馬は素朴な疑問を口にした。「リスクしかないと思うのですが」

「俺には、『警察をおちょくっている』以外の可能性は思いつかないな。いずれにしても、頭のネジが外れているのは間違いない」

「会議の前に少し話したんですが、虎姫さんは志紀を疑っているようでした。多くの女性と付き合ううちにモラルが崩壊し、殺人願望が芽生えたのではないか……そんな推理を話してましたね」

「そりゃまた突拍子もない説だ」と高月が苦笑する。「興味深いが、根拠がほとんどないな」

「というよりも、彼には二件とも明確なアリバイがありますからね」

　志紀にのめり込む女性がいる一方で、虎姫のようにはっきりとした拒否反応を示す女性もいる。〇か一〇〇かではなく、マイナス一〇〇とプラス一〇〇なのだ。絶対値にすればどちらも同じになる。彼はそれだけ、人の心を揺さぶる人間なのだろう。

「天羽博士には、今回の被害者の血液の分析を頼みたいと思っている」と高月は表情を引き締めた。「我々はまだ方針を見極められずにいる。今は少しでも情報がほしい。また引き受けてもらえるか」

こちらに向けられた視線から、遊馬は高月の焦りを感じ取った。彼も恐れているのだ。三人目、四人目の犠牲者が出ることを。

志紀の交際相手が狙われているとすれば、危険に晒されている女性はまだ四人もいることになる。もちろん警察は彼女たちを警護するが、心までもを守れるわけではない。不安を取り除くためには、一刻も早く犯人を確保しなければならない。

遊馬はもやもやした感情を呑み込み、「分かりました」と頷いてみせた。


それから二日後の夕方。分析が終了したという連絡を受け、遊馬は聞き込みを中断して静也の自宅へとやってきた。

ここのところ寒い日が続いており、敷地内に降った雪は溶けずに残っていた。誰も立ち入る者がいないため、雪の上には足跡一つ見当たらない。門と玄関を繋ぐ直線部分の雪も綺麗なままだ。静也は家から出ずに実験を続けていたようだ。

静也に扉を解錠してもらい、屋敷の中へ入る。冷え冷えとした廊下を進み、地下の実験室へとやってきた。

静也は奥の実験台のところにいた。いつもの黒衣姿だ。彼はこちらに背を向け、分析装置に繋がった液晶モニターを見つめている。

「よう、お疲れさん。まだ実験中なのか？」

「ああ、いや、データをプリントアウトしようと思ってたところだよ」

「そっか。いいよ、ここで話を聞く」遊馬は丸椅子を持ってくると、静也の隣に腰を下ろした。「これは何のデータだ？」

「二人目の被害者の血液から採取したＤＮＡの解析データだよ。遺伝子配列を読み取って、データベースで照会してみた」

画面には、ＡＴＧＣの四つのアルファベットがびっしりと並んでいる。ＤＮＡを構成する、アデニン、チミン、グアニン、シトシンの頭文字だ。

「何か分かったのか？」

「一人目の被害者の時に、わずかに正体不明のＤＮＡが混入してたことは伝えたよね」

「微量すぎてうまく判別できなかったやつだな」

「そう。それと同じものが今回も検出される可能性があったから、より詳細な分析を試みたんだ」

「ああ、それでサンプル数を増やしたんだな」

二人目の被害者の血液を分析するにあたり、静也の方から「採取する部位を増やしてもらいたい」という要望があった。それを受けて、被害者の首の傷や手足、衣服など、場所を変えて血液を採取していた。

「そのやり方は正しかったみたいだ。二人目の被害者の首筋に残された傷痕から、今回も正体不明のDNAが検出されたよ。そのデータと、一人目の時のものとを合わせて検討した結果、興味深い結論が導き出された。謎のDNAの正体は、SRV－4というウイルスのものだったんだ」

「……って言われても、何のことかさっぱりなんだが」

「日本語に直すと、サルレトロウイルス4型。サル特有のウイルスで、カニクイザルという種類のサルが宿主になるらしい。カニクイザルは製薬企業や大学の実験施設で使われるサルだ。犯人はそのサルの牙を凶器に使った。だから、牙に付着していたウイルスが被害者の血に混入したんだと思う」

「そんな特殊な凶器が入手可能な立場の人間ってことか……」

遊馬の脳裏に、東山秋奈の姿が思い浮かんだ。彼女は獣医師で、動物病院に勤めている。一般人よりサルの牙の入手がずっと容易なはずだ。

「ありがとう。さっそく署に帰って共有するよ」

立ち上がり、実験室を出ようとしたところで「あ、そうだ」と遊馬は足を止めた。

「お前、『運命の血』って言葉が載ってる本を集めてたよな」

「……ああ、うん」

「今回の事件で、またその言葉を耳にしたんだ。どうも、ネットに記事が出てるらしい。『遺伝子の相性』みたいな意味合いで使われているようだ」

「そっか……」と静也がため息をついた。「そこまで広がったら、もう拡大を止めるのは無理だろうね。僕のやってきたことは無駄だったかな」

そう言って静也が力なく笑う。

その切なそうな表情に、胃の奥がきゅうっと疼《うず》くのを遊馬は感じた。

「……なあ、静也。どうしてその言葉にこだわるんだ？　確かに、この前の事件ではそれが引き金になった。でも、それはお前のせいなんかじゃない。何も責任を感じる必要はないし、その言葉が出てくる資料を掻き集める義務もないと思う」

この前は言えなかった気持ちを、遊馬はストレートに静也にぶつけた。

「……それは」

小声で呟き、静也は目を閉じた。

実験室に、機械たちが動き続ける音だけが響く。

数十秒の沈黙の果てに、「僕は、運命の血の正体を知っているからだよ」と静也は打ち明けた。

「知ってるってどういう意味だよ」

「血液を研究する中で気づいたんだ。……それは、公表すれば差別に繋がる可能性のある、危険な体質なんだ」

「実在するものだったってことか?」

「そうだよ。あるタンパク質を持つ人間は、特定の個人の血液を非常に美味に感じてしまうんだ。僕はその原因となる遺伝子を『ヴァンパイア因子』と呼んでいる。この特異な体質が運命の血の真実であり、おそらくは吸血鬼の伝説を生み出した原因だと思う。実際に血をすすっていた人間がいたんだろう」

静也は真剣な表情でそう説明した。その目を見れば、彼が事実を話していることはすぐに理解できた。

「かつてはおそらく、運命の血の意味を知っている人間もいたはずだ。だけど、時間が経過するうちに勝手な解釈をする連中が現れて、真実は歴史の中に埋もれて消えていったんだ。今はただ、その言葉だけが生き残っている」

「だから、『運命の血』って言葉が載ってる資料を集めてたのか? その概念が広まるのを防ぐために」

「……そうさ。科学的に正しく理解できるようになるまで、いったんその言葉を封印すべきだと思ったんだ」

「なるほどな……」

遊馬はそう呟くことしかできなかった。研究の果てにたどり着いた事実。それを封じるために、静也は一人で戦い続けていたのだ。

「……なあ、遊馬。今の話を聞いてどう思った？」

不意に、静也がそんなことを訊いてきた。

「どうって？」

「人の血が美味しく感じられるっていう体質をどう思う？」

「そういう意味か。……そうだな、人間の体は不思議だなと思ったよ。美味しいってことは、栄養として必要だって体が判断したのかもな」

「そんな生易しいものじゃない」静也が苦しそうに首を振る。「その体質の持ち主にとって、運命の血っていうのは麻薬みたいなものなんだ。一度でも味わってしまったら、求めずにはいられなくなる」

「そうなのか……。それを聞くと、確かに危険な体質って感じがするな。でも、誰でもいいってわけじゃないんだろ？　特定の人間の血が美味く感じるだけなら、そんなに警戒する必要はないんじゃないか。その相手が見つからなければ済む話なんだし」

遊馬は思ったことをそのまま口にした。

すると静也は悲しげに眉根を寄せ、「偶然出会うこともある」と呟いた。「そうなったら、どうすべきだと思う？」

立て続けに繰り出される質問に遊馬は困惑した。普段の静也と様子が違う。まるで、「どうして？」を覚えたての子供のようだった。

「どうやっても血を求める衝動は抑えきれないのか？」

「そう仮定して考えていい」

「血を抜かれ続けるとどうなるんだ？」

「感染症のリスクがあるし、肉体へのダメージもある。だから、年間の献血回数には上限が設定されている」

「そうか……」

真剣な回答が求められている。そう感じた遊馬は、たっぷり二十秒ほど考え込んでから、「……それはもう、離れるしかないかもな」と答えた。

その瞬間、静也の眉間に浮かんでいたしわがふっと消えた。

「離れる……」

「近くにいればお互い苦しいだけだろ？　だから、距離を取るしかないと思ったんだ。悪いな、ありきたりで。今の俺にはそんな答えしか思い浮かばなかったよ」

「……いや、ありがとう。参考になったよ」

静也はそう言って微笑んだ。事件の真相に触れた時と同じ、弥勒菩薩《みろくぼさつ》のアルカイック・スマイルを思わせる表情がそこにあった。

彼は何に気づいたというのだろう――？

思わず彼の方に足を踏み出しかけた刹那《せつな》、「急いだ方がいいよ」と静也が実験室の出入口を指差した。「署に戻るんだろう？　足止めして悪かったね」

「あ、ああ……。じゃあ、捜査が進んだら報告するよ」

「いいよ、忙しいだろうし、いちいち言わなくても。犯人が逮捕された時にだけ連絡してくれたらそれで充分だよ」

静也はそう言うと、「じゃ、僕は報告書を作るよ」と遊馬に背を向けた。こちらを拒絶するようなその後ろ姿に、遊馬は前に出しかけていた足を元に戻した。

「……データ、ありがとうな。また来るよ。朗報を持ってな」

静也は振り向くことなく、「期待してるよ。頑張って」と片手を上げた。

不思議な名残惜しさがあった。静也とまだ話すことがあるような気がして仕方なかったが、首を振ってそれを振り払い、遊馬は実験室をあとにした。

7

「──ん……い。んせい……。先生っ！」

甲高い声で、東山秋奈はハッと我に返った。目の前で、紫色の髪の老婆《ろうば》が目を吊り上げている。

東山は手元に目を落とした。診察台の上で、老いた柴犬《しばいぬ》がこちらを不安そうに見上げていた。

「何をボーっとしてるんですか!? ちゃんとエリザベートちゃんを診てください！」

老婆が苛立ちを露わに、東山を睨みつけてくる。

どうやら自分はかなり長い間手を止めていたらしい。「すみません」と謝罪し、東山は柴犬の診察を再開した。

「いつもは餌《えさ》の容器に山盛りいっぱい食べるのに、今日は半分以上も残していたんです。きっとどこかが悪いんですよ！」

東山のすぐ横で老婆がわめく。不必要に大きく、耳に障るタイプの声だった。

「嘔吐《おうと》や下痢はありますか？」

「それはないです。問診票にも書きました」

「そうですか。失礼しました。では、運動はどうですか？　動きたがらないとか、ダルそうにしているとか……」

「それもありません。でも、絶対変なんです。悪いところがあるはずです。一緒に生活しているので、エリザベートちゃんのことならなんでも分かるんですよ！」

老婆がまた大きな声を出す。「あなたが病院に行った方がいいんじゃ？」と指摘したくなる興奮ぶりだった。

聴診器を当てたり歯茎の色を確認したりと、ひと通り診察してみたが、特に気になる点はなかった。普段なら、与えるドッグフードの種類を変えて経過観察することを勧めるところだ。だが、それでは老婆は納得しないだろう。

「念のために血液検査をしましょうか。奥の部屋で採血しますので、そちらにどうぞ」

指示を出すと、老婆は満足した様子で診察室を出て行った。

やれやれ、とため息をついたところで、バックヤードから院長の守口が姿を見せた。

「声の大きな飼い主さんだな」と彼が苦笑する。「隣の診察室まで丸聞こえだったよ」

「すみません、私の手際が悪かったせいで不快にさせてしまいました」

「手際というより、体調の問題じゃないのか」守口が心配そうに言う。「顔色がよくないし、動きが鈍いような気がするぞ」

「……最近、睡眠不足で」と東山は自分の膝に視線を落とした。

最近、街を歩いていると視線を感じるようになった。おそらくは刑事がどこかで見張っているのだろう。

志紀と交際中の女性が二人も殺された。だから、残りの交際相手を護《まも》る。それは警察としてはまっとうな判断だ。しかし、本当にそれだけなのだろうかと東山は疑っていた。警察は、このクリニックの利用者からも話を聞いているらしいのだ。ひょっとすると、自分のことを容疑者の最有力候補とみなしているのかもしれない。眠れないのは、そんなことを布団の中であれこれ考えているせいだ。

「――付き合っている彼とはうまくいっているのか？」

守口が唐突に繰り出した問いに、「なぜそのことを？」と東山は眉根を寄せた。志紀のことは、職場の人間には伏せている。

「刑事からいろいろ聞いたんだ。悪かったな、そのことを黙ってて。……で、どうなんだ？」

「……彼も、事件のことはかなり気にしているようです。もしかしたら、近いうちに向こうから別れを告げられるかもしれません」

「なぜだ？　君には何の落ち度もないだろう！」

「私、警察に疑われているみたいなので……。容疑者扱いされるような女は、敬遠されても仕方ないです」

「……そんな、俺が思っていたのと違うじゃないか」

そう呟き、守口は激しく首を振った。

「俺は、君に幸せになってほしかったんだ。だから、ライバルを一人でも減らそうと思って、それでヴァンパイアになることを決めたんだ」

「せ、先生……？」

守口は中空を凝視しながら、口の端に泡を浮かべて喋っている。焦点の合わないその目に、東山は背筋が寒くなるのを感じた。

「ヴァンパイアは、絶対的な存在であるはずなんだ。君を不幸にするなんて、そんなことがあっていいはずがない。容疑者扱いなんて絶対にダメなんだ！」

待合室まで聞こえるような大声で叫び、守口が診察室の出入口へと向かう。事情がまるで呑み込めないまま、「ど、どうされたんですか」と東山は尋ねた。

「紅森署に行くんだ。俺が自首すれば、事件は解決する。君の力になりたかったが、まったくの逆効果だったようだ。申し訳ない。俺のことは忘れて、とにかく幸せを掴むことだけを考えなさい。いいね」

守口は目を大きく見開きながらそう言い、くるりと東山に背を向けた。

止めるべきか、行かせるべきか――。

迷いが東山の心をよぎった瞬間、守口の体がぐらりと傾いた。

ドアレバーを摑もうとした手が空を切る。

守口は受け身を取ることなく、勢いよく床に倒れ込んだ。

左の側頭部が床に打ち付けられ、不穏な音が室内に響く。それきり、守口は動かなくなった。

騒ぎを聞きつけて、受付の職員や他の獣医たちが診察室に姿を見せる。

「も、守口先生⁉」一人が慌てて守口のそばにしゃがみ込んだ。「何があったんですか、東山先生！」

「……分かりません、何が何だか……」

東山は呆然とそう答え、床に倒れたままの守口を見下ろした。背中を丸めて横たわるその姿は、まるで出生を待つ胎児のようだった。

8

二月四日、午前十時過ぎ。遊馬が自分の席で報告書を書いていると、「お疲れ様です。これ、よかったらどうぞ」と虎姫に声を掛けられた。彼女の手には缶コーヒーが握られている。

「え、わざわざ買ってきてくれたんですか?」

「いえ、下の自販機でコーラを買ったら、当たりが出たんですよ。それで、桃田さんにプレゼントしようかなって」

「ああ、そうなんですか。じゃあ、ありがたく」

まだ熱い缶を受け取り、机に置く。あとで飲むことにしよう。

「報告書、そろそろ仕上がりそうですか?」と、虎姫が隣の席に座る。

「そうですね。あと一時間もあれば」

「それにしても、どうにもすっきりしませんね、今回の事件は」ペットボトルのコーラを一口飲み、虎姫が神妙に言う。「仕事をしたって感じがしません」

彼女がもやもやしたものを抱えている気持ちは分かる。警察が逮捕する前に、犯人である守口が命を落としてしまったからだ。守口の死因は脳出血。脳の深い位置にある血管にできていた瘤《こぶ》が破裂し、脳細胞が破壊されてしまったのだ。

死の直前、彼は東山に「紅森署に自首する」と言っていたという。それを受けて捜査を進めた結果、守口が犯人であることがほぼ裏付けられた。

興信所に依頼し、東山の私生活や志紀とその交際相手の情報を得ていたこと。大学の実験施設からカニクイザルの死体を手に入れていたこと。自宅のクローゼットから、黒いマントが見つかったこと。所有していた乗用車の後部座席に、二番目の被害者の毛髪があったこと。これらの証拠から、守口がヴァンパイアとして二人の女性を殺めたことは間違いないと思われる。ただ、彼が病死してしまったため、事件の詳細を本人から訊き出すことはできずに終わった。

「ホント、なんであんなことをしたのか……」

　虎姫が首を傾げている。

「これはあくまで仮説ですが」と前置きしてから、遊馬は高月から聞いた話を始めた。「守口の死因となった血管の瘤は、扁桃体《へんとうたい》と呼ばれる部位の近くにあったそうなんです。そこはヒトの善悪を司る部分らしいんですよ」

「じゃあ、膨らんだ瘤が脳を圧迫して、それで良心が壊れちゃったと」

「課長は、価値の反転が起きてたのかもしれない、ということを言ってましたね。発作で倒れる直前に、守口は『ヴァンパイアは絶対的な存在だ』と主張していたらしいんです。紅森市においては邪悪や恐怖の象徴である吸血鬼が、彼の頭の中では正義を執行するヒーローのような存在に変化していたのかもしれません」

「だから、あんな手の込んだ殺し方を選んだんですかね……」

「そう解釈すれば多少は納得感が出る、って程度ですね」と遊馬は言った。本当のことはもう誰にも分からない。考えたところでどうにもならないことだ。

　そんな話をしながら報告書を仕上げ、遊馬は虎姫にもらった缶コーヒーを手に立ち上がった。

「あれ、どちらへ？」

「いえ、ちょっと野暮用で」と席を離れようとしたところで、「天羽博士に会うんですか？」と虎姫に訊かれた。

「……ええ、まあ。分析用に渡したサンプル回収のついでに、事件の報告をしようかと」

「それなら、私も同行します！」と虎姫が立ち上がる。

「いや、しかしですね……向こうがなんと言うか……」

「邪魔はしません。おとなしくしてますから！　ぜひお願いします！」

虎姫の鼻息は荒い。今日こそは絶対に静也と会うぞという決意がみなぎっている。しかし、静也の方は来訪者が増えることを望んではいないだろう。

虎姫を連れて行くのは時期尚早だ。せめて、心の準備をする時間を静也に与える必要はある。

今日はやめて、また別の機会にしよう——そう思った時、「ちょっといいか、虎姫」と高月がやってきた。

「あ、はい。な、なんでしょう」と虎姫が慌てて振り返る。早くもその手は背中に回されていた。

「紅森大学に、アレルギー研究をしている先生がいるんだ。お前のことを話したら、興味があると言われてな。対策を考えてくれるみたいだから、これから会いに行くぞ」

「え、でも、私は大事な用事が……」

「何の用事があるんだ？　事件は解決したっていうのに。いいから行くぞ。タクシーをもう呼んである。ちゃんと二台だ」

高月の強引さに負け、「分かりました……」と肩を落としながら虎姫は事務室を出て行った。

少し可哀想《かわいそう》な気もしたが、遊馬にとってはラッキーだった。遊馬は缶コーヒーをスーツのポケットに入れ、刑事課の事務室をあとにした。

三十分後。遊馬は天羽邸へと続く一本道を走っていた。

雪は降っていないものの、ここのところずっと曇りの日が続いている。最後にいつ太陽を見たのか思い出せないくらいだ。そのせいで、森の中を通る道は昼だというのに本当に暗い。

その陰気な森を抜けてしばらく車を走らせていると、天羽邸が見えてきた。

「……あれ？」

遊馬は思わず呟いた。常に開いていた門が閉まっていたからだ。

そのすぐ手前には、黒いコートに身を包んだ静也の姿があった。

何かが変だ。遊馬は違和感に押されるようにスピードを上げ、門のすぐ近くで車を停めた。

静也は困り顔でこちらを見ていた。その傍らには、旅行用と思しき大きなトランクが置いてあった。

車を降り、遊馬は静也のもとに駆け寄った。

「どこかに出掛けるのか？」

「……ああ、うん」と静也が視線を逸らす。「もうすぐここにタクシーが来るよ」

「そっか。サンプル回収がてら、事件の報告をしようと思ったんだけどな。昼飯にと思って、弁当も買ってきた。お前の好きな、トマトソースたっぷりのオムライスだ」

「ごめん、ありがたいけど、時間の余裕がないんだ」

「少しくらいならいいだろ？」

「チケットを取ってあるから。空港に行かないと……」

「珍しいな、旅行か？　じゃあ持って行けよ」

遊馬はレジ袋に虎姫からもらった缶コーヒーを入れ、自分の弁当ごと差し出した。

「コーヒーはいらないよ」

「まあそう言うなよ。お前のファンからのプレゼントだよ」白い歯を見せて、遊馬は閉じられた門に目を向けた。「珍しいな、ちゃんと閉めるなんて。何日か家を空けるのか？」

「……いや、たぶん……」

「やけに歯切れが悪いな。たぶん、なんだよ？」

そう尋ねると、静也はしばらく逡巡《しゅんじゅん》してから、「たぶん、ここにはもう戻らない」と小さな声で答えた。

「はあ!? 戻らないって、どこに行くつもりなんだよ」

「まだ決めていないけど、一応は国内かな。旅行でもしながら住む場所を探すよ」

「血液の研究はどうするんだよ」

「とりあえずは中断だね。誰かと競ってるわけじゃないし、趣味みたいなものだからね。気が向いたら再開するかな」

静也がそう言ってぎこちなく微笑む。長い付き合いなので、彼が本心を隠して喋っていることはすぐに分かった。

何も訊かずに行かせてやるのが優しさかもしれない。そう思ったが、遊馬は空気を読まないことを決めた。ここで遠慮をしたら、一生後悔しそうな気がしたからだ。

遊馬は静也のそばに近寄り、彼の目をじっと見つめた。

「そんなに、俺たちにうんざりしてたのか」

「うんざりって？」

「血液の分析だよ。それが億劫《おっくう》になって、紅森を離れる気になったんじゃないのか」

「……いや、それは関係ない」

「じゃあ、どうしてここからいなくなるんだよ」

「それは……」

静也が口をつぐみ、足元に視線を落とす。言うべきかどうか、彼の中で強い葛藤があるらしい。

「いいぜ、言いたいことがあれば言えよ。なんでも受け止めてやるよ」と遊馬は言った。「黙って出て行かれたら、ずっと気になったままになる」

「……聞けば後悔するよ、きっと」

「だとしても、だよ。やって失敗した記憶より、やらずに逃げた記憶のほうが印象に残るって言うだろ」

遊馬がそう言うと、静也は濁った色の空を見上げてため息をついた。

「……ヴァンパイア因子を持つ人間と、運命の血を持つ人間が、偶然出会ってしまうこともある――この前、僕はそう言ったよね」

「言ってたな」

「そうなってしまった時に、どうするべきか……。その問いに対し、自分がどう答えたか覚えているかい？」

遊馬は自分の額に手を当てた。

「確か、『離れるしかない』だったな」

「……そうだね。君の答えを聞いて、僕は納得したよ。それが一番だって思った。……だから、紅森を離れることにしたんだ」

「……ん？　それってつまり、どういうことだ？」

「分かるだろ？」静也が手を伸ばし、遊馬の腕を掴んだ。「僕は君に嘘をついた。『運命の血』という言葉が出てくる資料を集めているのは、その概念が広まるのを食い止めるためじゃない。真実が人の目に触れるのが怖かったんだ」

「真実……っていうと？」

「『天羽家は吸血鬼の一族であり、運命の血を求めて生きてきた』――そう書いてある資料の存在を恐れていたんだよ、僕は。なぜなら、それは事実だからだ」

「ってことは……」

「ああ、そうだ。ヴァンパイア因子の持ち主というのは僕のことなんだ！」

「お、お前が……？」

驚いて尋ねると、静也は唇を噛んで頷いた。

「じゃあ、運命の血を持ってるっていうのは……」

「……君だよ、遊馬。……君が、僕にとっての運命の相手なんだよ」

「俺の血が、すごく美味く感じられるってことか？　でも、俺の血を舐める機会なんて……」そこまで口にしたところで遊馬はふと思い出した。「もしかして、あの時か。俺が蛇に噛まれた時に……」

「そうだよ。毒を吸い出そうと口を付けた瞬間、僕は気づいたんだ。運命の血という体質を知るより先に、出会ってしまったんだよ、その持ち主に……」

遊馬の腕を摑んだまま静也がうなだれる。

その指先に込められた力の強さから、彼がどれほどの勇気を振り絞って告白したかを遊馬は悟った。

「……そうか。じゃあ、俺の血を飲みたい衝動と戦ってたんだな。一人きりで、あの日からずっと」

「違う、って言いたいけどね……。時々、あの時のことを夢に見るんだ。君の足首に嚙み付く夢さ」と静也は眉間にしわを寄せた。「そのシーンが、いつの間にか夜になっていて、僕は足首じゃなくて、君の首筋を嚙んでいるんだ。鋭い牙を突き立てて、溢れた血をすすっている。どこからどう見てもヴァンパイアだ。……いつかそれが本当になるんじゃないか。僕はそれが怖いんだよ」

静也は胸の奥から絞り出すようにそう語った。

「そうか……」と遊馬はため息をついた。「我慢を止める、って選択肢はありうるのか？　定期的に俺の血を取って、それを飲めばいいんじゃないか」

「いや、それはダメだ。一度手を出すと歯止めが利かなくなるかもしれない。血を飲む量や頻度が上がる危険性が高い。覚醒剤《かくせいざい》と同じだ。実際、そうやって身を滅ぼしてきた人間もいる」

そっか、と吐息を漏らしたところで、ふと閃いた。

「そういえば、静也は何のために血液の研究をしてたんだ？」

「ヴァンパイア因子と運命の血の謎を解明するためだよ。特定の血が美味になるメカニズムを突き止めたかったんだ。それが分かれば、もし他にヴァンパイア因子を持つ人がいた時に、きっと力になれると思ったから……」

「やっぱり、他人のための研究だったんだな。じゃ、それを自分用に変えてみたらどうだ？」

「……え？」

静也の指先から力が抜ける。

「衝動を抑える方法とか、別のもので血への欲求を満たすとか、そういう研究だよ」

と遊馬は笑ってみせた。

「それは……考えたことはなかったな」

静也はそう呟き、遊馬の腕を摑んでいた手を放した。

「じゃあ、やるだけやってみたらいいんじゃないか。それでダメだったら、また次の方針を一緒に考えようぜ」

「だけど、それまで我慢できるって保証はない」

「それはどこにいても同じだろ」と遊馬は指摘した。「紅森を離れたって、衝動が消えるわけじゃないだろ？」

「それはまあ、そうかもしれない……」

「だったら、今のままでいいじゃないか。俺はお前に近くにいてほしいと思ってる」

「それは、僕の技術が捜査に必要だからかい？」

静也がじっとこちらを見つめながら訊く。

「それはもちろんある」と頷き、遊馬は静也の視線を受け止めた。「でも、理由はもっとシンプルだよ。友達を失いたくないんだ」

遊馬は親の転勤の都合で、小学生の時に紅森に越してきた。その時に経験した別れの辛さは、今も強く心に刻まれている。できればもう、あの感覚は味わいたくない。

遊馬の答えを聞き、静也は小さく息をついた。

「……そっか。うん、遊馬らしい考え方だ。すごく単純で、でも分かりやすい」

「褒めてるのか？　それともけなしてるのか？」

「もちろん褒めてるよ」と静也が微笑む。

「研究の方向性を変えるって提案は、眼《め》から鱗《うろこ》って感じがしたよ。僕はどうやら、固定観念に縛られていたようだ」

「じゃあ……」

「飛行機もタクシーもキャンセルだ」静也はそう言ってスマートフォンを取り出した。

「結論を急がずに、解決法を模索してみるよ」

「そうこなくっちゃな」と遊馬は静也に右手を差し出した。

「……なんだい、この手は？」

「これからもよろしく、って意味で握手をしておこうかと思ってさ。今後もたぶん、血液の分析を依頼するだろうからな」

「僕をまだこき使うつもりかい？」

「違う謎と向き合うことは、いい刺激になるんじゃないか？」

「それはそうだけど、研究の方向性が変われば、今以上に忙しくなりそうな気がするんだ。あまり余裕はないかもしれない」

「じゃあ、もう断るってことか？」

遊馬が差し出した手のひらを上下に軽く揺らすと、静也は諦めたように嘆息した。

彼が次に口にする言葉は分かっていた。だから、遊馬はにやりと笑ってみせた。

「『まあ、仕方ないね。引き受けるよ』……だろ?」

「先に言わないでくれるかな」

静也は苦笑し、遊馬の手を握った。

その時、ふっと頭上の雲が切れ、柔らかい冬の陽光が差し込んできた。

「行くか。事件の話をするよ」

「ああ」

頷き合い、門を開けて屋敷へと歩き出す。遊馬たちの歩いていく石畳の道を、一条の光が優しく照らしていた。

―― 本書のプロフィール ――

本書は書き下ろしです。

小学館文庫

ヴァンパイア探偵《たんてい》
—禁断の運命の血《デスティニー・ブラッド》—

著者 喜多喜久《きたよしひさ》

二〇一九年八月十一日 初版第一刷発行

発行人 飯田昌宏
発行所 株式会社 小学館
〒一〇一-八〇〇一
東京都千代田区一ツ橋二-三-一
電話 編集〇三-三二三〇-五六一六
販売〇三-五二八一-三五五五
印刷所 ——— 中央精版印刷株式会社

この文庫の詳しい内容はインターネットで24時間ご覧になれます。
小学館公式ホームページ http://www.shogakukan.co.jp

ISBN978-4-09-406672-2